刃鉄《はがね》の人

辻堂 魁

庫
54

目次

序　落城

一

その年の七月、元和《げんな》と改元される慶長《けいちょう》二十年五月七日の夕刻、摂津《せっつ》、河内《かわち》、和泉《いずみ》の田野《でんや》に三方を囲まれ、大坂湾を見おろす上町《うえまち》台地北端にそびえる大坂城の天守閣から、火の手があがった。

真田《さなだ》幸村《ゆきむら》を始め、後藤又兵衛《ごとうまたべえ》、木村重成《きむらしげなり》、長宗我部盛親《ちょうそかべもりちか》など、大坂方の名だたる武将は、五月六日七日両日の戦いですでに陣没、あるいは捕縛され、徳川家康《とくがわいえやす》、将軍徳川秀忠《ひでただ》率いる三十万の徳川方を阻む軍勢は、すでに潰《つい》え去っていた。

徳川勢が大坂城内になだれこむより先に、城内に火は放たれていた。

火は天守閣に燃えうつり、室町幕府の末期より、百数十年続いた戦国の世の天下統一を成しとげた豊臣秀吉《とよとみひでよし》が、莫大《ばくだい》な財力をつぎこみ知力をつくして築いた巨城・

大坂城は、日没とともに夏の夜空を紅蓮《ぐれん》の炎で焦がした。

翌五月八日、大坂城が完全に落城し、後の世に大坂夏の陣と呼ばれたこの戦役は、《大坂安部之合戦之図》という日本最古の瓦版《かわらばん》によって報じられた。

徳川家康が豊臣氏を完璧《かんぺき》に葬った大坂夏の陣は、一徳川幕府樹立の総仕あげのみならず、のちの徳川幕府終焉《しゅうえん》の明治維新をへて、太平洋戦争の敗北にいたるまでの日本の国の形に多大な影響をおよぼす、歴史的大事件となった。

その慶長二十年五月七日の夕刻、大坂城の北東を流れる平野川縁《べり》の竹林の中に、まだ幼さの残る顔つきの若い男が、力なく坐《すわ》りこんでいた。男は、袖《そで》のない腹巻に三間の短い草摺《くさずり》、筒籠手《こて》に筒脛当《すねあて》、素足に草鞋《わらじ》の雑兵の軍装だった。

しかし、藁縄《わらなわ》で後ろに束ねた髪は、蓬髪《ほうはつ》となり、顔は汗や血や泥の乾いた跡が赤黒い模様を描いて、目鼻だちがわからないくらいに汚れていた。

力なく立てた両膝《ひざ》に乗せた手にも、草鞋を着けた素足にも、乾いた血の跡や泥がこびりついていた。

昨日と今日の乱戦で、樫柄《かしえ》の長槍《ながやり》は折れ、兜《かぶと》を失い、威《おど》しの革紐《かわひも》は所どころがきれて小札《こざね》がぶらさがり、武器と言えば、自前の二尺足らずの雑刀を腰に帯びているばかりの、将を失った敗残《はいざん》のあり様だった。

男は竹林の間より、河内の深田が猫間川《ねこま》まで続いて、さらに彼方《かなた》の台地にそびえる大坂城の天守閣が、夕空を背に、灰色の煙に包まれ、その煙へ赤い模様のように炎がからみつく様を、茫然《ぼうぜん》と眺めた。

天を震わす銃声は、静まっていた。

兵士らの突撃の雄叫《おたけ》びや干戈《かんか》と軍鼓の響き、数万の軍勢のとどろきは、ぷっつりと消えた。どんなに小さなささやき声さえ聞こえるほどの深い静寂が、河内平野の田園を覆っていた。

彼方の天守閣は音もなく燃え、それはまるで、壮麗な葬送の儀式が、厳かな沈黙の中で執り行われているかのような光景であった。ただ、煙ののぼりたつ夕空に飛び交うおびただしい鳥影が、葬送の儀式に死の装飾をほどこしていた。

負け戦や。わかっとった。

男はかすかに唇を震わせ、声もなく呟《つぶや》いた。

この春、男は十八歳になった。名を包蔵《かねぞう》、と言う。

北河内の枚方《ひらかた》村で、小さな土地を耕す百姓の傍ら、鍛冶《かじ》屋を営む卓右衛門《たくえもん》の倅《せがれ》だった。三つ年上の兄とともに父親の下で鍛冶屋の修業をし、いずれは、近在の百姓相手の鍛冶屋になるつもりだった。

鋤《すき》に鍬《くわ》、包丁、鎌、斧《おの》、鉈《なた》、などを拵《こしら》えて暮らしていくのだと漠然と考え、ほかに望みはなかった。

去年の大坂冬の陣で、徳川方のおびただしい軍勢が、淀《よど》川沿いの大坂城へ向かう街道に馬蹄《ばてい》を響かせた。長槍や鉄砲、弓、旗指物を打ちそろえて延々と行軍していき、夜は枚方村でも多くの兵が野営する様を見るにつけ、大坂城はどないなってしまうのやろ、と包蔵は思っていた。

包蔵の故郷の枚方村から、よく晴れた日は、はるか南の空の果てに、大坂城の天守閣が、ぽつんと見えた。

包蔵が生まれる前から、大坂城はあの空の果てに、ずっとあった。

大坂城の天守閣にのぼったことも、そばで見あげたことさえないが、天を突く巨城やと、父親の卓右衛門や村の長老から聞かされた。いつかは、あの大坂城下で鍛冶屋を営むのもええな、とそれぐらいのささやかな望みはあった。

その冬の陣で、徳川方が大坂城を攻め落とすことができず、軍勢が引きあげたとき、やはりあの城は、あの空にこれからもずっとあるのだと思った。

ただ、冬の陣が終わったのは、徳川方に怖気《おじけ》づいた大坂方が、徳川方の言いなりになって、大坂城を守る外堀どころか内堀まで埋めてしまい、裸城にされて和議を

結んだというから、村の百姓衆ですら、

「こらあかん。次に徳川方が攻めてきたら、大坂城は持たへんで」

と、ささやき合っていた。

そうと知って、包蔵は驚いた。胸が、激しく鳴った。

内心、総大将の秀頼《ひでより》さまも淀君《よどぎみ》さまも腰抜けや、おれの大坂城に何をしてくれんねん、と思った。

徳川方が行軍する際、街道沿いの店や家屋を根こそぎにする様が思い出された。あんなふうに大坂城も潰《つぶ》されるのやろかと考えたとき、包蔵は、おのれの中の何かが踏みにじられる気がした。

鍛冶屋になるのだから、徳川方でも豊臣方でも、かまわなかった。しかし、あの空の果ての大坂城を潰すのは、許せなかった。次に徳川方が攻めてきたら、おれもやるしかないやろ、と思った。

年が明けてすぐに、徳川家康が倅の将軍秀忠と何十万もの軍勢を引き連れて、再び大坂城を攻めにくるという噂が広まった。

やっぱりそうか、と百姓衆ですらわかっていた成りゆきだった。

包蔵は、父親の卓右衛門には内緒で、一本の雑刀を鍛えあげていた。

刀工でなくとも、鍛冶屋なら刀の鍛え方ぐらいはわかる。斬れ味鋭い名刀を拵えるのではない。戦場で、敵の鎧《よろい》の上から叩《たた》っ斬る鉈のように頑丈な刀だった。無骨ながら、鍔《つば》も鞘《さや》も柄《つか》も、自前で拵えた。

包蔵の刀に気づいた兄が言った。

「おまえ、何をするつもりや」

「わかってるやろ。大坂城に入るのや。徳川方と戦うのや」

「阿呆《あほ》ぬかせ。死ぬ気か」

そうかもな、と思ったが、しゃあないやろ、とも思った。

「おれが死んだら、お父ちゃんとお母ちゃんのことは、兄ちゃんに頼むで」

と言った。

兄は顔を歪《ゆが》めて、何もこたえなかった。

徳川家康と将軍秀忠が京に入ったころ、藤堂高虎《とうどうたかとら》の軍勢が枚方村に陣を敷いていた。包蔵は、野良に出かける格好で枚方村を出て、大坂城を目指した。

兄は、そのときも気づいて言った。

「包蔵、手柄はたてんでもええ。生きて戻ってこい」

若い包蔵には、自分が死ぬという事態が腑《ふ》に落ちなかった。生きている自分が死ぬ自分を眺めているようにしか、感じられなかった。

それでいて、大坂城へ死ににゆく自分が、無性に可哀想でならなかった。

涙がこぼれて、止まらなかった。

子供のころに、祖父《じい》ちゃんや祖母《ばあ》ちゃんが亡くなったときも、悲しくて泣いたことを覚えていた。

死ぬというのは、この可哀想で悲しくてこぼす涙みたいなものかと思った。

大坂城では、明日《あす》にも徳川家康が攻めのぼってくるというので、盛んに兵の徴募を行っていた。包蔵が大坂城に入ったのは、五月になる前だった。

初めて間近に見上げる大坂城の天守閣は、確かに目を瞠《みは》るくらい巨大で天を突いていた。けれど、枚方村から遠い空の果てにぽつんと見えた天守閣ほど、美しくも荘厳でもなかった。

ごつごつして、鎧武者みたいに偉そうで、包蔵を冷ややかに見くだしていた。

こんなもんやったんか。思てたんとだいぶ違うな、と少しがっかりした。

これなら、枚方村から眺めているだけでよかった。

とは言え、今さら引きかえす気はなかった。

包蔵は、木村重成とかいう秀頼さまの側近の若い大将の足軽隊に配属された。

長さ三間の樫柄の槍を持って、横隊の隊列を組み、叩いては突く叩いては突く、という稽古《けいこ》をやらされているうちに、五月六日未明の出撃のときがきた。

徳川家康が生駒《いこま》山の麓《ふもと》の街道を南下するという知らせを受けて、家康の横っ腹を突くんや、と聞いた。

六千の軍勢の足軽隊にまじり、城下から東の生駒山への、廻《まわ》りは一面、河内平野の深田と池や沼がつらなる街道を、早足で進軍した。

その朝、街道は霧に覆われていた。

西郡村を流れる小さな川を背水に陣を敷き、足軽の具足まで赤備えの井伊《いい》の大軍と衝突したのは、霧のとうに晴れた真昼の日の燃え盛るころだった。

野を引き裂く双方の鉄砲の一斉射撃から戦端は開かれた。

猛烈な射撃戦になり、矢が雨のように降り、それがしばらく続いてから、長槍隊の突撃が始まった。

包蔵は、先頭集団とともに突進した。

射撃戦の銃弾や矢の雨を浴びたときは、声も出ぬほどの恐怖に震えたが、進め、の指図とともに突撃を始めた途端、われを忘れた。

たちまち肉薄した両軍に罵《ののし》り声と怒声があがり、叩き合い突き合い、やがて、鎧や兜ががちゃがちゃと音をたててぶつかるほどの肉弾戦になった。

木村勢はよく戦った。みな勇敢だった。井伊の大軍相手に、初めは一進一退を繰りかえした。

だが、後詰めのない兵は疲弊し、一刻《とき》ほどで壊滅した。

大将の木村重成は、単騎敵へ突進し、泥田の中で討ちとられた。

包蔵は、突撃したときも大坂城目指して退却したときも、無我夢中だった。

なぜ戦っているのか、なぜ退却しているのか、考えている暇がなかった。死んでもええのや、とぼんやりした覚悟だけが腹の底にあった。

深田の中を、泥まみれになって大坂城まで退却したのは、日暮れどきだった。

城内には、その日一日の戦いで敗れ、将を失い、退却してきた敗残兵らが、疵《きず》つき槍にすがり、兜もなく疲労困憊《こんぱい》してうずくまる姿を、燃え盛るかがり火が無情に照らしていた。

その日の戦いで、木村重成のほかに大坂方の評判の高い後藤又兵衛という武将が討ち死にしたと聞かされた。

休む間もなく、包蔵ら戦える者数十人が集められ、その夜のうちに茶臼《ちゃうす》山に陣を敷いた真田勢に加われ、と命じられた。

真田幸村の名は、聞いていた。大坂方一の武将と、枚方村にも伝わっていた。明日はあの真田幸村の下で戦うのかと、ちょっと胸が躍った。

真田勢三千の足軽隊の隊列に加わり、五月七日の暑い夏の朝を迎えた。

猩々緋《しょうじょうひ》の陣羽織を着けた騎馬の真田幸村を遠くの方から見たが、兜の下に隠れた顔はわからなかった。真田幸村の言葉も声も、遠すぎて包蔵までは届かなかった。

ただ、わずか三千の真田勢は、真田幸村とともにいく、という身体が粟《あわ》だつような熱狂に漲《みなぎ》っているのは感じられた。

何かはわからないけれど、兵士らのもの凄《すご》い昂《たか》ぶりがひりひりと伝わってきた。

その朝、真田勢正面の丘も野も、伊達《だて》の黒備えの一万を超える大軍の旗が埋めつくしていた。

昨日は赤で今日は黒か、と包蔵は思った。

日が天高くのぼった正午、鉄砲足軽の激しい射撃戦が始まった。

真田勢は伊達の大軍を四天王寺《してんのうじ》の台地と茶臼山の狭隘部《きょうあいぶ》に十分引きつけ、鉄砲足軽と弓足軽の隊が同時に躍進し、矢弾を浴びせかけた。

一気に押し潰す勢いで突撃してきた伊達勢が怯《ひる》んだ即座、長槍隊を先頭に押したて突撃にうつる。

射撃戦と白兵戦を間断なく繰りかえし、敵の出血を強いる戦法である。狭隘部では、衝突する兵の数は変わらない。むしろ、大軍は進退に真田勢のような軽快さを欠いたため、真田勢の攻勢に混乱し壊走するあり様だった。

しかし、壊走した敵の後ろからすぐに新手が現れる。

長槍隊の包蔵には、敵の顔がみな同じで、頬当の間からどいつもこいつも白い歯を光らせ、真田の小勢を嘲笑《あざわら》っているように見えた。

咆哮《ほうこう》を発しながら、その顔めがけて長槍を必死に叩きつけた。敵の何人かに槍を叩きつけ、穂先で突きたてた。

しかし、こちらも兜が傾くほどの打撃を受けた。敵の槍の穂先に、草摺の小札を引きちぎられ、腰を疵つけられた。

敵にも味方にも、あちこちで悲鳴を上げて転ぶ者が出た。

叩き合い突き合いは、両軍入り交じっての乱戦になり、双方におびただしい死傷者を出しながら続いた。

それは、射撃戦と白兵戦を繰りかえし、味方が敵を押していたときだった。

何度目かの突撃で白兵戦になった途端、包蔵の長槍が折れた。

包蔵は頑丈に拵えた刀を抜き放ち、死ぬんじゃ、死ぬんじゃ、と叫びながらふり廻し、野犬のように暴れ狂った。

　すると突然、眼前の敵の向こうから、騎馬の一隊が突撃してくるのが見えた。伊達の軍勢には、馬上銃を放つ騎馬兵がいた。馬を駆り、突撃しつつ銃撃するのである。真田の足軽が、

「あれは、恐ろしいだでな」

　と言っていた。

　その騎馬の一隊の馬上銃が、轟音《ごうおん》とともに、白い煙をあげた。ぴゅん、ぴゅん、ぴしっ、と包蔵のすぐそばで不気味な音をたて、土煙をあげた。

　刹那《せつな》、がん、と頭に一撃を喰《く》らった。首が仰《あおの》けに折れ、痛みを感じる前に足軽兜が青空へ吹き飛んでいくのが見えた。それから、目の前が真っ白になった。

　包蔵は、何があったのかはわからぬまま、終わりや、と思った。

二

　五月六日七日両日の激戦で、包蔵は生きのびた。

　頭に銃撃を受けて気を失い、気がついたのは、七日の日が西に傾き、真田勢はす

でに潰滅《かいめつ》したあとだった。

吹き飛んだ足軽兜が、銃弾から命を守ってくれたらしかった。

まだ生きとるんか、と包蔵は不思議な気がした。

おびただしい亡骸《なきがら》の間を這《は》い、敵に見つからぬように池や沼に身を沈め、深田の泥に足をとられながら、ようやく、この平野川の川縁まで逃れてきたのだった。

平野川で喉《のど》の渇きを癒《いや》した。だが、昨日からの激戦で力を使い果たし、しかも腹が減って、動くのもつらかった。

死ぬんじゃ、と叫んで戦ったのに、腹が減ると飯が食いたくなった。

腹が減ったまま死ぬのは、いやだった。とも角、敵方に見つからぬよう、堤のそばの竹林に身を隠し、休息することにした。

彼方の天守閣からたちのぼる煙と炎が見えたのは、そのときだ。

枚方村から仰ぎ見た大坂城を守るために、命を捨てる覚悟をした。

だが、大坂城はすでに炎に包まれた。命を捨てて守る大坂城はなくなり、命を捨てる理由がなくなった。包蔵の中で、そのとき何かが終わった。

包蔵は、夕空の彼方で灰色の煙と炎にからみつかれた天守閣を眺めつつ、

負け戦や。わかっとった。

と、かすかに唇を震わせ、声もなく呟いた。誰に言ったのでもなかった。気の抜けた吐息とともにもれた、青春への惜別の呟きだった。

枚方村へ帰ろうと思った。枚方村の鍛冶屋に戻ろうと思った。

敗残兵の掃討の手がおよばぬうちに、戦場から離れなければならない。枚方村までは遠い。途中の百姓らが、落武者狩りを始めるだろう。雑兵だろうと、容赦はされない。

屑《くず》も同然になった小札と革紐の腹巻や、籠手と脛当を脱ぎ捨て、普段の百姓の野良着の格好になり、と考えたところで、腰の刀をどうするか、包蔵は迷った。

この刀は、昼間の戦乱で、気を失っても放していなかった。

枚方村までの暗い野道で、身を守るために役にたつに違いない。村の鍛冶屋の包蔵が、初めて鍛えたひと振りでもあった。しかし、敗残の兵を掃討する敵方に見つかればまずいことになる。

どないしょう、と考えていたときだった。

「下郎、何をしておる」

くぐもった野太い声が、平野川のほうからかかった。

ふり向くと、槍を携えた騎馬武者が一騎、平野川の堤に馬を止め、竹林の中に坐りこんでいる包蔵を見おろしていた。

夕方の薄明かりの下でも、黒の筋兜に月輪の前立《まえだて》を飾りつけ、緋威《ひおどし》の𩊱《しころ》、同じ緋縅の袖と胴丸、五段下りの草摺に、黒塗りの打刀の影、片脇に携えた槍は朱柄の長槍の、きらびやかな甲冑《かっちゅう》姿がわかった。

騎乗の栗毛は、すべて赤紫の面懸《おもがい》、手綱、胸懸《むながい》、鞦《しりがい》をつけ、梨子地《なしじ》に金覆輪《きんぷくりん》の色鮮やかな木地鞍《くら》に跨《また》がって、鐙《あぶみ》をしっかりと踏み締めた扮装《ふんそう》は、身震いを覚えるほどいかめしい武将に思われた。

しかも、兜の中の顔は目と口を開けただけの黒い面鎧《めんよろい》に隠されていて、冥界《めいかい》より現れた死霊を思わせるような不気味な相貌《そうぼう》が、包蔵へ向けられている。

包蔵は、川堤の騎馬を見やり、声が出なかった。竹林の中に坐ったまま身動きできず、ごくり、と唾《つば》を呑《の》みこんだ。

と、栗毛がたて髪を震わせ、こたえろ下郎、と言うかのようにいなないた。

「下郎、大坂方の雑兵か」

騎馬武者は、面鎧の下からまたくぐもった声を投げると、手綱を操り、馬首を包蔵の坐りこんだ竹林の中へ向けた。

堤上から馬一頭が歩めるほどの細道《ほそみち》が、竹林の間を通っていて、細道は枯笹に覆われていた。

包蔵は、その細道わきの太い竹に背を凭《もた》せかけ、腰を落としていた。

騎馬武者は、夕空の下の堤より竹林の細道に馬をゆっくりと進めた。

馬がいななき、蹄《ひづめ》の踏み締めた枯笹が歩みに合わせて、ざわ、ざわ、と鳴った。

面鎧の奥に光る目が不気味に動き、包蔵の様子をうかがっている。

包蔵は身震いし、慌てて跳ね起きた。空腹も疲れも、どこかへ吹き飛んだ。こいつ、やる気か、と腰の刀の柄をにぎった。

ただ、武将は一騎だった。徳川方の身分のある武将に違いなかったが、従者がいなかった。身分のある武将には、従者がついている。

包蔵は、武将の周りを見廻した。武将はただ一騎、馬を進めてきた。

「命はとらぬ。その方ごときを討ったとて、槍の錆《さび》になるだけだ。戦は終わった。見よ。城はもはや落ちた。綺麗《きれい》だのう。滅びのときは、美しい」

武将は馬の歩みを止め、竹林の間から望める彼方の夕空に灰色の煙と炎をあげる大坂城を、携えていた槍で指した。それからしばし大坂城を茫然と眺め、やおら、面鎧を包蔵へ廻《めぐ》らせた。

「下郎、命を助けてとらすゆえ、大坂城まで案内せい。わが陣営に戻れば、飯を食わせてやる。金を持たせて、無事、郷里へも戻してやる。どうだ」

武将は言った。

平野川から猫間川までおよそ一里、大坂城は猫間川の向こうの台地に見えていた。けれども、深田や沼や池の河内平野の湿地がゆく手を阻み、騎馬で突ききることは無理である。

こいつ、道に迷たんか。それで、従者ともはぐれたんやな。

そうとわかって、少し腹が据わった。それとともに、武将の偉そうな物言いが、すきっ腹の癇《かん》に障った。

「阿呆ぬかせ。これでも大坂方じゃ。城が落ちたからちゅうて、江戸の田舎もんの言いなりになる思たら、大間違いじゃ。もう国に帰る。今さら大坂城へいく気はない。あそこで燃えとるお城目指して、勝手にいきさらせ。子供でもいけるがな。ぐずぐずしとったら、首落とすぞ」

「無礼者め。埒《らち》もない雑言を吐きおって」

武将のくぐもった声が言った。しかし、包蔵はなおも意気がった。

「やめとけ。戦が終わって、大将はおらん。今さらおまえの首をとっても、手柄にならへんのじゃ。堪忍《かんにん》したる。いけいけ」

「身のほど知らずが。案内せぬなら、せっかく拾ったその命、ここで捨てるか」

朱槍の穂先が、ぶうん、とうなって包蔵へ向けられた。

馬が気を昂ぶらせていななき、枯笹を前足でかいた。

「な、なんやねん。やる気かい。徳川方は、仰山に家来を連れてきて、数に物を言わせて勝っただけじゃ。おまえ、道に迷て、ひ、ひとりやろ。助けてくれる家来は、おらへんのやぞ。一対一やったら、負けへんぞ」

つい、そんな言い方をした。

むろん、この恐ろしげな武将と戦う気など、毛頭なかった。十八歳の未熟さゆえに、自分のおかれた境遇に冷静な思いが廻らなかった。

雑兵など相手にしないだろう、と高をくくった。

「さようか。おのれごとき下郎の首をとっても功名にならぬが、帰り道の手慰みにしてつかわす」

槍の穂先が、包蔵を狙ってぴくりともしなくなった。鉄の面鎧が顔を隠し、武将の表情が読めなかった。

まずい、怒らせてしもた。この大将、本気やで。と、ようやく気づいた。

ここで、地にひれ伏し、命乞《ご》いをすればよかった。

騎馬武者にしても、夕暮れが近づき、見知らぬ土地で戻りの道が気にかかってい
た。たまたまいき合った敗残の雑兵ごとき、命乞いをすれば、打ち捨てて去ったは
ずだった。
しかし、包蔵はそうはしなかった。しゃあないやろ、とすぐに捨て鉢になれる無
鉄砲な若さと、愚かだが無邪気な度胸が、包蔵にはあった。
「やったろやないかっ」
と、叫んでいた。腰の刀を抜いた自分に驚いた。
雑刀は、昼間の乱戦で刃こぼれがしている。それでも、包蔵自ら精一杯鍛え、気
を失っても離さなかった。
刀を抜いた途端、ぎゅっ、と腹が据わった。震えが止まった。凛々《りんりん》と勇気が湧い
てきた。膝を折って身をかがめ、刀を肩の高さにかざした。
騎馬武者は、槍先を向けたまま、じっと見つめている。ただ、馬の荒々しい鼻息だ
けが、竹林の中に流れた。その瞬間、
「慮外者《りよがいもの》」
と、鉄の面鎧が怒りに歪んだかのように見えた。
鐙が腹の泥障《あおり》を、したたかに蹴《け》った。

どど、と馬が駆け出し、枯笹が馬蹄の周りに巻き上がった。馬は首を激しく上下させ、たて髪を波打たせ、怒りに任せて突進してきた。

しかし、馬上の武者は鐙をしっかりと踏み締め、ゆるぎなく槍をかまえ、奔馬と一体となり、包蔵をひと突きにし、蹴散らそうとした。

馬蹄がとどろき、枯笹が舞った。

咄嗟《とっさ》、槍先がうなりをあげて包蔵の腹巻の肩上《わだがみ》をかすった。

包蔵が細道から竹藪《たけやぶ》の中へ身を躍らせたのと、最初のひと突きをはずして駆け抜ける馬が、枯笹と土埃《つちぼこり》を浴びせかけたのが同時だった。

「うわあ」

包蔵は叫んだ。

騎馬武者は即座に手綱を引き、疾駆を止めた。

馬がいななき、大きく前足を跳ね上げた。

騎馬武者の槍が、月輪の兜の八幡座《はちまんざ》上で翻り、馬と武者は、まるで天へ飛びたとうとして鮮やかな舞を舞うように、方向を反転させた。

細道の両側は、竹藪がつらなっている。騎馬武者は、槍を斜めにして旋回させたが、それでも両側の竹藪をからからと薙《な》ぎ払い、葉が兜の八幡座上に舞った。

竹藪に転がった包蔵は、その華麗な人馬の反転に、思わず目を奪われた。

「それっ」

騎馬武者は一瞬の猶予もなく、懸命に立ち上がった包蔵へ、二突き目の攻撃にうつった。

馬は再び首を激しく上下させ、枯笹を蹴散らし突進する。

たて髪が波打ち、蹄がとどろき、荒々しい鼻息が細道に迫った。

騎馬武者の槍が、竹藪へ突きこまれた。

穂先が、首を縮めた包蔵の頭髪をかすって、ぎりぎりのところで貫かれるのをまぬがれた。

騎馬武者はそこで馬の疾駆を止め、激しく足踏みをさせた。

包蔵の頭髪をかすめた槍を竹藪から引き、すかさず突き入れる。引いては突き入れ、引いては突き入れを繰りかえし、そのたびに馬の蹄が激しく土を咬《か》んだ。

突き入れてくるたびに、穂先に打ち払われた竹の枝が包蔵に降りかかる。

包蔵は慌てていた。竹藪に身軽な動きを阻まれた。竹藪の中を懸命に身を躱《かわ》し逃れる包蔵を、恐ろしげな槍の穂先が容赦なく追いつめていく。

だが、包蔵は騎馬武者から逃げなかった。逃げる手を忘れていた。こんなところで串刺《くし》しにされてたまるか、としか思っていなかった。

穂先が襲いかかってきた瞬間、包蔵は竹藪の中から細道へ転がり出て、枯笹のうえに一回転した。次の瞬間、即座に起き上がり、細道に沿って平野川の堤へ左右にくねりつつ走った。

何も思っていなかった。若い身体が勝手に動いた。

「あぶない、あぶない」

走りながら叫んだ。ここで転んだらしまいや、と走った。

騎馬武者は、逃げる包蔵を追いかけ、馬蹄を鳴らしつつ、「下郎っ」と包蔵目がけて鋭く槍先を突きこんでくる。

しかも槍は、口金から穂先までの槍身が一尺半もありそうな、恐ろしい得物だった。突くだけではなく、ひと薙ぎで素っ首も落とされてしまう。馬を駆けさせながらふり廻した槍が、竹藪を撫《な》でぎり、数本の竹をたちまちきり倒した。

ただ、騎馬武者にも少々の誤算があった。竹林の中の細道は、道の両側の竹藪が自由な馬の運動と、得意の長槍の操りを阻害した。

それと、高が敗残の雑兵と見くびっていた包蔵の動きが、俊敏だった。

武芸に優れた騎馬武者には、包蔵の動きが並大抵でないことがわかった。

この男、油断ならぬ、と騎馬武者は内心、思っていた。しかし、ここであとには引けなかった。

包蔵は、竹林の細道を走り抜け、平野川の堤に駆け上がった。

川向こうに、暮色に染まった疎林の影と、なおも広がる水田が見わたせた。

飛びこむか、と思った一瞬の間に、騎馬武者が堤に躍りあがった。馬が勇ましくいななき、堤の石ころや土をばらばらと蹴散らした。

竹林を躍り出た騎馬武者は、うなりをあげて包蔵へ長槍を叩きつけた。

それを刀で、懸命に払った刹那、槍身と刀が悲鳴をあげて打ち鳴り、包蔵の刀は鍔元の二寸ほどを残して折れた。しかも、突進する馬の前足にかけられ、堤わきの竹林の中へ再び転げ落ちたのだった。

駆け抜けた騎馬武者は、「どう」と馬を止めた。

騎馬武者は馬をかえし、包蔵を撥《は》ね飛ばした竹林のそばへ並足に変えて近づいた。

最初に見たときのように、槍を脇に携え、夕空を背に馬を止めた。

包蔵は竹林の間に身を隠し、堤の騎馬武者を睨《にら》みあげた。

騎馬武者の鮮やかな緋威しの鎧が、大きな呼吸にゆれていた。それでも、

「はは。下郎、口ほどにもない。兵も刀もぼろぼろだのう。大坂方が勝てぬわけだ。

臆《おく》したか。もうよい。これ以上は面倒だ。助けてとらす。去れ」

と、竹林の中に転げ落ちた包蔵を嘲《あざけ》った。ぶるる、と馬の鼻息が鳴った。

そのとき、竹林の中の一本の竹が大きく撓《たわ》み、ざわめいた。

うん？と騎馬武者の面鎧がそれを追った。

次の瞬間、大きく撓んだ竹が撥ねかえり、幹と枝葉が騎馬武者に、ざあ、とからみついた。竹の枝葉に顔を弄《いじ》られた馬は驚き、前足を跳ね上げた。

咄嗟のことに、騎馬武者はそれに目を奪われた。「どう」と、驚いた馬の手綱を引き、鎮めようとした。

馬が鼻息を鳴らし、がっがっ、と足踏みを乱した。

すかさず、包蔵は竹林から堤へ駆けあがっていた。ここでも、勝手に身体が動いてそうなった。

「そりゃあっ」

ひと声叫び、身を躍らせた。

武者が手綱を引いている馬の鞦へ、ひらり、と飛び乗った。

山野田畑《さんやでんばた》の間を走り廻って育った。馬の背に飛び乗るぐらい、お手の物だ。

兜の鞠の上から武者の首筋に喰らいつき、もろともに馬上より引きずり落とす狙いだった。

「おのれっ」

首筋へ喰らいつかれた武者は、手綱をつかみ引きずり落とされまいと堪《こら》える。

だが、驚いて前足を高く跳ね上げた馬は、包蔵と武者がよろめいた重みと勢いに耐えきれなかった。

前足を跳ねあげたまま、堤より平野川の岸辺へ転がり落ちた。馬が恐怖の悲鳴を夕空へ響かせ、鎧や槍、腰に帯びた刀が石ころだらけの川原にがらがらと鳴り、二人と一頭は水辺まで二回転した。

馬はすぐに跳ね起き、怯《おび》えて堤へ駆けのぼっていく。

それを追いかけるように、包蔵は、素早く立ちあがった。

痛がっている間はなかった。

武者が、槍を杖《つえ》に懸命に起きあがったところへ、即座に飛びかかった。

槍の柄を両手でつかんで奪いとろうとし、武者もしっかりと柄をにぎって、包蔵を押しかえしてくる。

二人は罵り合い、押し合い、もみ合い、槍を奪い合った。

「堪忍したらへんぞ」

包蔵は、暴れながら喚《わめ》いた。

そのとき包蔵は、武者が自分より小柄で、力もそれほど強くないことがわかって意外に思った。

面鎧の奥の目に戸惑いが見えた。勝てる、と思った途端、

「下郎、放せ」

武者の靴《くつ》が、包蔵の腹をしたたかに蹴った。

ぼろ同然になった腹巻が、どん、と鳴った。堪《たま》らず、蹴飛ばされて尻《しり》から落ち、川原に仰《あお》のけになった。

武者はよろけながら、槍を脇に引きつけ、かまえなおした。

包蔵は仰のけから、慌てて上体を起こした。

武者は穂先を向け、やれやれ、という様子で面鎧がひと呼吸ついたかに見えた。

その一瞬のすきに、武者の顔面で、がん、と何かがはずんだ。

武者の顔が兜ごと仰《の》け反り、鉄の面鎧が跳ね飛んだ。かまえた槍先が、川原を力ない音をたてて噛《か》んだ。

武者は顔を仰け反らせた格好のまま、一歩二歩、三歩四歩、とよろめき退《しさ》った。

片手で槍の柄をつかんで引きずり、片手は苦痛に歪めた顔面を覆っていた。

包蔵は仰のけに倒れたとき、咄嗟に川原の拳《こぶし》ほどの石をつかんでいた。上体を起こし様、つかんだ石を夢中で武者へ投げつけた。子供のころ、石の投げ合いの喧嘩《けんか》をよくやり、負けたことはない。それもまた、役にたった。慌てて跳ね起き、よろめき退る武者へ遮二無二飛びかかった。

武者は、包蔵の体あたりに耐えきれなかった。槍を落とし、水辺の水草の間へ包蔵と重なり合って、水飛沫《しぶき》をあげて転落した。

水辺でも、存外と深い。包蔵の下になった武者の顔が、水中に沈んだ。武者は、ぶくぶくと泡を噴いた。

のしかかる包蔵を、下から突き退けようと身体をひねり、抗《あらが》うものの、鞠のついた兜、威胴の鎧、五段下りの草摺、腰からはずれかけた大刀、肩を覆う袖に籠手、脛当が、武者の動きを鈍らせた。

つかみ合いの末に、包蔵は武者の首筋に手をかけ、

「どや、これでも大坂方が勝てんか」

と、水底へ力をこめて押しつけた。

水中の武者は目を見開き、包蔵を見つめていた。水中から拳を突き出し、包蔵の顔へ浴びせたり、顎《あご》に手をかけ突きあげたりした。もう一方の手は、脇差の柄に手

をかけ、抜き放とうとあがいている。

包蔵は武者にのしかかって脇差を抜かさず、首筋にかけた手も放さなかった。顎を突きあげる力が失《う》せ、武者は目をぎゅっとつむった。

抵抗は続いたが、やがて、包蔵の顎から手が離れ、だらりと水中へ落ちた。

武者は最後の泡を噴いて、力の抜けた瞼《まぶた》を、包蔵の顔を目に焼きつけるかのように薄く開けた。

「やったで」

と、叫んだ瞬間だった。「あっ」と声をつまらせた。胸を打たれ、水中でぐったりした武者から思わず手を離した。

なんや、爺さんやないか。

包蔵は、やっと気づいた。きらびやかな甲冑に身をまとい、面鎧に長槍を携え精《せい》悍《かん》な馬に跨った恐ろしげな騎馬武者の、水中に沈んだその顔は、穏やかな老侍のそれだった。

包蔵の身体の下で、老侍は哀れな最期を迎えようとしていた。

「祖父《じい》ちゃん」

包蔵は、思わず呼びかけた。子供のころに亡くなった祖父ちゃんの顔に、似ている気がしたからだ。祖父ちゃんに似ている老侍を、放っておけなかった。

老侍を水中から抱え上げた。老侍は力なく手足を投げ出し、薄らと目を開けた顔を空へ向けていた。

水に濡《ぬ》れた甲冑が重たかった。無理やり、岸辺へ引き摺《ず》りあげた。

「しっかりしいや。死んだらあかんで」

呼び続けながら、兜を脱がせた。腰から大刀と脇差をはずし、少しでも楽にさせた。俯《うつぶ》せにし、水を吐かせるために胴丸の背中を叩き、ゆさぶったりした。

老侍はぐったりしていた。髷《まげ》を解き後ろに結えて垂らした髪や、月代《さかやき》に薄らと生えた毛は白髪がまじり、顎や頬の肉はたるんで、目元も皺《しわ》だらけだった。

包蔵は、祖父ちゃんを思い出し泣けてきた。

と、しばらくして、ごほごほ、という音とともに老侍は水を吐き出した。うめいている耳元で、

「気いついたか。大丈夫か」

と喚いた。

小さく頷《うなず》いた老侍を、ゆっくりと、仰向けに寝かせてやった。

包蔵はやっと安心した。弱々しい呼吸を繰りかえす老侍の傍らにぐったりと坐り

こんで、ひと息吐いた。

石ころだらけの川原を、蘆荻《ろてき》が覆っていた。暗さを増した夕空に星がまたたき始めていた。堤の上で、馬が心細げにいなないた。堤や竹林の陰になって大坂城は見えなかったが、大坂城の方角の夜空が、明るく輝いていた。

忘れていた空腹と疲れが、どっとこみあげてきた。もう動く気にならなかった。何もかもが、どうでもよくなった。

なぜか、枚方村へ帰るのがつまらなく思われた。いっそ、京へいこか。これから京へいって、どっかの寺で出家しよか、と包蔵は星のまたたき始めた空を見上げ、虚《むな》しく考えた。

「おまえ、名は……」

横たわった老侍が、嗄《しゃが》れ声で言った。

包蔵は老侍を見おろし、気だるく笑った。そして、大坂城のある方角の、明るく輝く空へ顔を向け、

「包蔵や」

と、どうでもよさそうにこたえた。

「かねぞう、と言うのか。歳は」

「十八」

「河内の、百姓か」

「枚方村の鍛冶屋じゃ」

「鍛冶屋が、なぜ戦場に出た」

「なぜかな。手柄なんかたてんでもよかった。大坂城を守るつもりやった。それだけや。負けるとわかっとった。けど、おれがやらな誰がやるねん、と思たんや。思たとおり、ぼろ負けや。大坂城は燃えとるし、せっかく、自分で鍛えた刀も折れてしもたしな」

すると、老侍は隣に寝かした刀をつかんでかざした。

「包蔵、この刀を、おまえにやる」

うん？　と包蔵は首を傾けた。

仰向けに横たわったまま、老侍は、「とれ」と刀を差し出した。

「そんなもんいらん。戦はもうやめじゃ」

「まあ、受けとれ。この刀はな、鎌倉《かまくら》の世の、来国頼《らいくにより》という京は山城《やましろ》の刀工の拵えた名刀だ。わが家の家宝だ。わが家は、将軍秀忠さまの馬廻り役を勤めておる旗本だ。わしの名は、友成数《ともなりかず》右《え》衛門《もん》」

「将軍の馬廻り役の、友成数右衛門か。なんか、偉そうやな」

「そうだ。もう倅の正之助《まさのすけ》に、家督を譲っておるがな。命を助けてくれた礼だ。要らぬなら、売って金にすればよい。びっくりするぐらいの、金になるぞ」

「金になるんか」

「なる。鞘は黒蠟色《くろろいろ》塗で、柄も実戦に向いた革巻柄の拵えだ。おまえと戦ってわかった。この刀は、おまえのような男が持つのに、もっとも相応《ふさわ》しい」

「そんな家宝を、おれみたいな村の鍛冶屋にくれるんか」

包蔵は、差し出された刀をつかんだ。

「くれるんやったら、もろてもええけどな」

鯉口《こいぐち》を鳴らして、刀を抜きかけた。銀色の刀身が、きら、とのぞいた。

「それから、包蔵」

老侍が言った。

「命を助けたついでに、わしを大坂城まで連れていけ。わしはもう、動けそうにないのだ。頼む。わしを馬に乗せて……」

「ええ？　しゃあない爺さんやなあ」

と、傍らの老侍から、堤上の馬へ目をうつした。馬が包蔵の眼差《まなざ》しに気づいたかのように、いなないた。

包蔵は、まあええか、これもなんかの縁かもな、京へいくついでや、と思った。

堤の馬は、大人しく包蔵に牽《ひ》かれてきた。

老侍を抱えあげ、金覆輪に梨子地の鞍に跨らせた。筋兜は、包蔵がかぶった。

朱柄の長槍をかつぎ、腰には来国頼の打刀を差して、馬を牽いた。川原から堤にあがると、河内平野は日没後の夜の帳《とばり》に閉ざされていた。闇の広がる深田の道を、紅蓮の炎に包まれた大坂城目指して歩んでいった。

包蔵に牽かれる馬が、勇ましくも物悲しげに、夜空にいなないた。

第一章　刀鍛冶

一

鍛冶場《かじ》には、岐阜《ぎふ》の南宮《なんぐう》神社から勧請した金山《かなやま》神を祭った神棚がある。内壁には注連縄《しめなわ》を張りめぐらし、石と粘土で囲った火床にも不動明王をかたどった御幣を供え、鍛冶場のすべてを浄《きよ》めている。

火床には、むらなく強熱にするため三分角ほどに細かく割った燃料の松炭をうずたかく盛ってある。粉にならぬように鉈《なた》で細かく割るのがむずかしく、この修業は《炭きり三年》と言われる。

ふいごのひと吹きごとに、炭は赤々とした輝きを放ち始め、やがて、紅蓮《ぐれん》の炎をあげる。

このとき、刀鍛冶はふいごの羽口との間、吹き加減、吹くときの長短を計りつつ、梃子《てこ》台に乗せた卸し鉄《おろしがね》を火床に差し入れる。

そして、強熱で鉄を真っ赤に沸《わ》かしたところを引き出し、凄《すさ》まじい火花を散らして打ち鍛え、鉄のまじりけを叩《たた》き出す。

この《下鍛え》を繰りかえし、地鉄《じがね》、すなわち強靭《きょうじん》な刃鉄《はがね》を作る。

刀鍛冶一戸前国包《いっこまえくにかね》は、赤く焼けた梃子台と刃鉄がひとつになった塊を、火床からとり出した。国包が横座の槌《つち》を揮《ふる》い、続いて二人の向こう槌が交互に槌を叩き落とし、鍛錬の響きと火花を鍛冶場に散らした。

かん、かんかん、かん、かんかん……

国包は、上下左右から打ち鍛えた赤い鉄の塊を四角い形に整え、燃え盛る火の中に戻した。

ふいごを吹かし、それが十分沸いて真っ赤になるところを見計らって抜き出し、四角い形の中ほどに鏨《たがね》で横に溝を作り、手前に折りかえして叩き延ばす。鉄を沸かしては折りかえして叩き、ときには縦に折りかえして叩きと、鍛錬を繰りかえして、地鉄は厚みのある長四角い板のような形になっていく。

刀の地鉄を作る材料は、古釘《くぎ》、古鉄砲、古鎧《よろい》、古薬研《やげん》などを使う。

それらの鉄がほんの小さな塊になるまで十数回、折りかえし鍛錬し、良質の刃鉄だけにする。

その刃鉄と砂鉄より作った地鉄とを積み重ねてひとつにし、折りかえし鍛錬の《上げ鍛え》をさらに七、八回繰りかえす。それによって、折れにくく、曲がりにくく、それでいて美しい皮鉄《かわがね》の肌が生まれる。

斬れ味だけなら、古鉄の地鉄がなくとも十分だが、そこに手間をかけるのが一戸前国包の刀だった。

この皮鉄と同じ方法で心鉄《しんがね》の上げ鍛えを行うと、次に心鉄を皮鉄で包む《造りこみ》をする。

皮鉄は、刀の外側を覆う硬い刃鉄で、心鉄は、折りかえし鍛錬の回数を少なくした粘り気のある刃鉄のことで、心《しん》鉄が刀の芯になる。心鉄を皮鉄で《鍛え着せ》をして、刀の外面に硬さと内側に粘りを備えさせる。

それから、素延べ、鋒《きつさき》造り、刃、棟、鎬《しのぎ》、などを打ち出す火造り、荒仕上げ、そうして、刃文になる焼刃土を刀身に塗って、最後の焼き入れとなる。

焼き入れによって、刃鉄はまるで生きているかのように反り、流麗な刃文を浮きあがらせて、刃鉄から刀に生まれ変わるのである。

国包は、一本の刀を仕あげるのにおよそ十日をかけ、炭は二十俵ほど使う。

慶長《けいちょう》二十年の大坂城落城から、およそ九十年の歳月が流れた元禄《げんろく》十六年の冬の初め、一戸前国包の鍛冶場で、横座の国包と向こう槌の二人の弟子が、鉄の火花を散らし、かん、かんかん、と槌音を響かせている。

これはまだ、古鉄を卸した下鍛えの段階である。

向こう槌は、十七歳の千野《ちの》と十五歳の清順《せいじゅん》の若い二人の弟子である。

季節はもう初冬ながら、国包と、千野と清順の若い弟子たちは、火床に燃え盛る炭火の熱と激しい力仕事に、それぞれが着けた烏帽子《えぼし》の下から、幾筋もの汗をしたたらせていた。

鉄の火花がしたたる汗に飛び散ると、肌について落ちず、水ぶくれができる。ときには、向こう槌が力一杯槌を叩き落として、沸いた刃鉄が千ぎれ飛び、ひどい火傷《やけど》を負うこともある。

国包は、うら若い娘の千野の、白く艶《つや》やかな肌に水ぶくれができたり、大きな怪我を負わせては、と以前は気がかりだった。今も気がかりではある。

しかし千野は、水ぶくれや火傷など、まったく気にかけていない。水ぶくれや火傷は、刀鍛冶の向こう傷だからである。

千野は、国包のひとり娘である。自慢の美しい娘に育った。しかし、千野の性根は刀鍛冶である。年ごろの娘のような白粉《おしろい》も紅もつけず、きらびやかな呉服をほしがりもせず、質素な綿の着物と袴《はかま》を着けた男子《だんし》のような扮装《ふんそう》で、鍛冶場の赤く焼けた刃鉄と格闘し、炭きり仕事に真っ黒になっている。

　大柄で、手足は男子のように逞《たくま》しい。

「父《とと》さま、わたしを刀鍛冶の弟子にしてくだされ」

と、千野がいきなり言い出したのは、十五歳のまだ小娘のときだった。

母親の富未《ふみ》が目を丸くして驚き、「女の身で、何を言い出すの」と止めたが、「母《かか》さま、心配は要らない」と言って、一徹な眼差《まなざ》しを国包に向けた。

　武士が、暮らしのために刀鍛冶の職人になることは珍しくない。また、主《あるじ》に仕える身でありながら、主の許しを得て扶持《ふち》を捨ててでも優れた刀工に弟子入りし、刀鍛冶の修業を望む武士もいた。

　だが、多くの者は、年若いころから徒弟として入門し、修業を重ね、刀鍛冶の職人になる。荒々しい仕事柄、刀鍛冶の職人は気性が荒く、案外に無頼の者が多かった。女がする仕事ではなく、できる仕事でもなかった。

　十五歳の小娘には、なおのことである。

　折りしも、ちょうどそのころ、住みこみの二人の弟子がほぼ同時にいなくなり、国包は困っていた。ひとりは、酒場で喧嘩沙汰《けんかざた》を起こして怪我を負い、修業が続けられなくなった。もうひとりは、賭場《とば》で借金を作り、無頼な輩《やから》に追われ、夜逃げ同然に姿を消した。

せめてひとりは向こう槌がいないと、満足な鍛錬はできない。国包が途方に暮れていたとき、千野が「弟子に……」と言ったのだった。

「千野、やれるのか」

「やれる。前から、やりたいと思っていた」

そう言えば、童女のころから、やり始めたことに夢中になる子だった。決してわがままではない。親の欲目ではなく、賢い子だと思っていた。

改めて見なおすと、痩《や》せてはいるが、背は男子並みにのびて、若衆のような凛《りん》とした風貌《ふうぼう》に見えなくもなかった。千野の器量よしは母親の富未に似ていた。気性は誰に似たのかと、国包は思った。

子育てを富未任せにして、気ままにさせていた。

刀鍛冶の弟子にしてくだされなどと、言い出すと思っていなかったからだ。おれは、父親らしい父親ではなかった、と少々物憂く思わないわけではない。

「男子でもきつい修業だ。わが娘だからと言って、女だからと言って、弟子としての扱いは変わらぬぞ」

「承知です」

「ならば見習で、やってみるか」

「うん、やる」

女房の富未は、父と娘の遣《や》りとりに唖然《あぜん》となった。

千野は十五歳で国包に弟子入りし、足かけ三年目の十七歳である。

今年十五歳の清順は、千野の弟弟子になる。

国包の老僕十蔵《じゅうぞう》の倅《せがれ》で、身体ができる前の、小柄な痩せた風貌だが、無駄な肉のない瑞々《みずみず》しい全身に、精悍《せいかん》さと俊敏さを漲《みなぎ》らせた若衆だった。

「女子《おなご》の身の千野さまが弟子入りなさったのです。わたしにも弟子入りをお許しください。向こう槌は二人要るのではありませんか」

と、清順は十蔵の倅としてそうなるのが当然のごとくに、これも二年前になる十三歳のとき、千野と競うように、国包の弟子となった。

「旦那《だんな》さまのお役にたちたいのです。試しに使ってみてくだされ」

父親の十蔵は国包に言った。十蔵は、倅の清順が主人の国包に仕える道をゆくのは当然のことと、信じて疑わない。

清順は、国包を「旦那さま」ではなく、「お師匠」と呼び始めた。千野は「千野さま」、十蔵は「父上」である。

この若い二人が今、鉄の火花を散らし、国包の向こう槌を揮っている。

かん、かんかん、かん、かんかん……

二人は、吐息すらもらさぬ沈黙の中で、ひたすら、鉄と鉄を激しく打ち鳴らしている。まるで、瑞々しい命を赤い刃鉄に吹きこんでいるかのようにだ。


国包の鍛冶場は、京橋南《きょうばしみなみ》の弓町《ゆみ》にある。

弓町は、西隣りがお濠端《ほりばた》の数寄屋《すきや》河岸に面した西紺屋町《にしこんや》二丁目。北は南紺屋町との境の北横町。南は新肴町《しんさかな》との境の南横町が東西に通り、東は新両替町《しんりょうがえ》二丁目の境を南北に走る観世《かんぜ》新道に四方を囲まれている。

お濠の向こうは、御曲輪《くるわ》の石垣と白壁がそびえている。

数寄屋河岸のあるお濠を越え、数寄屋橋御門をくぐって御曲輪内に入ったところが、西丸下の大名屋敷地である。西丸下のこの一帯は、大名小路と言われ、幕府の幕閣を占める大名家の上屋敷が多い。

数寄屋橋御門内に南町奉行所はまだない。大岡越前守《おおおかえちぜんのかみ》の南町奉行所が、呉服《ごふく》橋から数寄屋橋御門内にうつるのは、これより数年後の宝永《ほうえい》四年である。

弓町は、弓師の店が多い町である。

南横町より北横町へ南北に通る町内の往来には、弓師の店が七、八軒も甍《いらか》を並べ、田安《たやす》家御用御弓師誰それ、などと屋根看板や軒看板を掲げている。

その往来と東へひと筋、観世新道とは西へひと筋離れた小路に、一戸前家の鍛冶場は面している。

住まいは鍛冶場の裏続きにあって、主人の国包、妻の富未、娘の千野の三人に、老僕の十蔵、十蔵の倅の清順、小女のお駒《こま》の六人暮らしである。

一戸前家の先々代の兼満《かねみつ》は、元は美濃《みの》の農民である。

十代初めの小僧だったころ、美濃の刀工の流れをくむ関派の刀鍛冶の徒弟として年季奉公を始めた。刀鍛冶の厳しい修業を重ね、三十をすぎてから江戸に出て、本《ほん》所《じょ》にも深川《ふかがわ》にもまだ町家のなかった慶長年間の江戸のこの町に、《一戸前兼満》と名乗って鍛冶場を開いた。

国包は、兼満を継いだ倅の兼貞《かねさだ》に起請文《きしょうもん》を差し出し、刀鍛冶の一戸前家に入門を許されて通い弟子になった。しかしそのときはまだ、刀鍛冶を暮らしの生業《なりわい》にする考えは、定まっていなかった。

天下泰平の世となり、刀を入用とする客は減っていた。

刀鍛冶の暮らしは、楽ではなかった。町家の自由鍛冶の一戸前家の暮らしも、名刀を造ることではなく、出来合いの刀や脇差を売る立売り（太刀売り）の店に卸す数打物《かずうちもの》で成りたっていた。

数打物、すなわち雑刀は、四、五日で一本の刀を作り、まとめて幾ら、という値段で卸す。数打物の打刀は、一本一両にもならない。

国包は、師匠の兼貞の暮らしの実情を目のあたりにして、厳しいものだ、と理解しつつも、自分がその刀鍛冶を生業にするとは思っていなかった。始まりは、自ら新刀を鍛錬する技を身につけたいという望みだった。

慶長以降の打刀は、新刀と呼びならわされていた。

繰りかえすが、侍が刀鍛冶になるのは、珍しいことではない。暮らしのためもあるが、修業のためには、主家の禄《ろく》を捨ててでも、と高名な刀工の弟子入りを望む場合もあった。

国包には、何ゆえ刀鍛冶だったのか、四十七歳になった今でも、こたえは見つかっていない。修業を始めたときは、真っ赤に沸いた刃鉄を叩き鍛えると、自分の腹の中の自分にもわからない何かを、鍛えている気がした。しいて言えば、それが一戸前兼貞の通い弟子になった理由である。

それから、三十年ほどがたった。国包は、自分の腹の中のわけのわからない何かを、どれほど鍛えることができたか、今なお模索を続けている。

国包は、伊勢《いせ》藤堂家の藤枝国広《ふじえだくにひろ》の次男だが、国広が江戸屋敷に暮らす勤番侍だったため、生まれも育ちも江戸である。

国包が二十三歳のとき、藤枝家の江戸勤番が役替えとなり、一家と奉公人ともども国元へ戻ることが決まった。一家とともに国元へいったとしても、次男の国包は藤枝家の部屋住みでしかなく、ならばこのまま刀鍛冶の修業を続け、刀鍛冶になる道を進んだほうが、先に少しは望みがあるのではないかと考えた。

国包は父親の国広をとおして、主家に刀鍛冶の修業を続けたいという趣旨の願書を出した。それが許され、兼貞の住みこみ弟子になった。

住みこみの弟子になって三年がたったころ、一戸前家を継ぐ話が持ち上がった。師匠の兼貞に、「たって」と望まれた。

師匠の兼貞はすでに老いており、一戸前家には男子がなかった。兼貞は常々、これぞと見こんだ弟子を選んで一戸前家の養子とし、刀鍛冶の技と家名を継がせることを望んでいた。

刀鍛冶になる決意はしていたが、一戸前家を継ぐことまでは念頭になかった。いずれ、刀鍛冶・藤枝国包として身をたて、名をあげたいと思っていた。刀鍛冶として名をあげれば、藤枝家の者も喜んでくれるだろうと。

しかし、老いた師匠に望まれ、断ることはできなかった。

国包は兼貞と養子縁組を結び、刀鍛冶・一戸前国包となった。

それから歳月が流れ、国包は今、四十七歳の冬を迎えている。師匠の一戸前兼貞はとうに亡くなり、このごろ、一文字髷《まげ》を結った国包の総髪に、ちらほら、と白いものがまじるようになった。

国包は、その総髪の生えぎわから、広い額がくだって、黒く刷《は》いた眉《まゆ》と二重の大きな目の下に、高い鼻と強い意志を示すような唇が目だつ顔だちである。

頬骨や顎《あご》の輪郭が張った相貌《そうぼう》は、頑固な職人の気性が長い年月をかけて鍛えあげ刻みこまれたかのごとくに、彫が深かった。

刀鍛冶の力仕事で肉を削《そ》ぎ落とした体軀《たいく》は、着物の下に隠れて痩せて見えた。

だが、背は高く、肩幅もあった。袖《そで》や袴の裾《すそ》からのぞく長い手足は、鍛え抜かれた分厚い筋に覆われている。

一見、武骨で気むずかしそうな風貌だった。この風貌に、真っ赤に沸いた刃鉄の臭いが染みついている。千野が赤ん坊のとき、国包が抱くと、ひどく恐がって泣いた。千野が国包に慣れるまで、何ヵ月もかかった。女房の富未は、

「あなたの身体に染みついた、刃鉄の臭いが恐いのですよ」

と、赤ん坊の千野を抱きとって言ったことがある。

「刃鉄の臭い？　刃鉄の臭いが、おれにするのか」

「しますよ。真っ赤に沸いた刃鉄です。わたしは、嫌いではありませんけれどね」

富未は、なんでもないことのように言った。

自分では気づかなかった。そうなのか、と国包は思ったものだった。今でも、真っ赤に沸いた刃鉄はどんな臭いがするのか、わからない。

父親の国広は、国包の風貌が、父方の祖父の友成包蔵の若いころに似ていると言った。祖父の友成包蔵は、寛文《かんぶん》九年、七十二歳で亡くなった。

祖父の包蔵が亡くなったとき、国包は十三歳で、刀鍛冶の修業を始めることすら考えておらず、自分はこの先をどうやって生きてゆくのだろうかと、未熟なりにぼんやりと夢想し始めたころだ。

父方の実家の友成家は、将軍お側衆を務める二千五百石の旗本の家柄である。

父親の国広は、友成包蔵の三男で、藤堂家上屋敷江戸勤番の納戸役・藤枝家の養

子婿に入った。友成家は長男が継ぎ、次男も婿養子に入ったが、養子先はやはり公儀旗本だった。

国広だけが、大名の藤堂家の家臣になった。

藤枝家の家禄は三百石で、公儀直参の旗本の大家と一大名家の家臣とでは、俸禄においても家格においても、まるで違った。同じ江戸暮らしながら、藤枝家と友成家との交際は、ほとんどなかった。

だから、物心ついたときはすでに友成家の隠居になっていた祖父《じい》さまに会う機会は、希《まれ》にしかなかった。

祖父さまについての覚えは、何かの祝儀があって、友成一門の縁者が赤坂《あかさか》御門内の永田町《ながた》にある友成家の屋敷を訪ねたときの事ぐらいしか、定かに残っていない。

大した覚えではないが、国包が五つのときだった。

大人たちが祝儀の宴を開いていたさ中、一門の孫たちが祖父さまと祖母《ばあ》さまの隠居部屋に呼ばれ、一人ひとり、贈り物をいただいた。

孫たちはみなまだ子供で、祖父さまは孫の名を確かめ、頭をなでたり手をにぎったりしながら優しく声をかけ、贈り物を手わたしていった。贈り物は、年上の子は硯箱《すずりばこ》や書物のような勉強道具で、年下の子は小さな折詰の美しい菓子だった。

孫たちの中では、国包が一番年下だった。

祖父さまは、最後に国包を呼び寄せ、菓子箱を手わたすとき、国包の小さな手をにぎり、酒を呑《の》んで少し赤らんだ顔に笑みを浮かべて言った。

「おまえは国広の次男坊だな。同じ兄弟でも、下の子は報われることが少ない。おまえの父上の国広も、報われることの少ない三男坊だ。わたしは、わが友成家の家宝を、報われることの少ないおまえの父上の国広に譲った。報われることの少ないおまえも、父上からそれを譲ってもらうといい。きっと、役にたつ」

「かほう？　かほうとは、なんでございますか」

国包は、たどたどしく訊《たず》ねたことを覚えている。

「代々家に伝わる、まあ、お宝だ。売ると金になる。金は生きてゆくのに役だつ。役だつ金になるから、家宝なのだ。形ある家宝など、それでよい。だがな、本当の宝は人の腹の中にある。国包の宝は、今はまだ眠っておる。おまえはそれを、目覚めさせてやらねばならぬ。それがおまえの腹の中で目を覚ませば、本当の宝になるのだ。本当の家宝とは、心の糧になるものだ」

「心の、かてになる？」

あは、と祖父さまは酒臭い息を吐いて笑った。傍らから祖母さまが、

「五つの子にそんな話をしても、わかりませんよ。ねえ、可哀想に。国包がきょとんとしているではありませんか。およしなさい」

と、たしなめていた。

あのとき、祖父さまが何を話していたのか、国包にはよくはわからなかった。

祖父さまの、しみが浮き、皺《しわ》だらけの、ちょっと不気味な顔は、歳月がすぎ去った今でも、国包は覚えている。

若いころの祖父さまに似ていると言われても、若いころの祖父さまの顔を知らないのだから、この顔は祖父さま譲りなのか、とぼんやりと思ったくらいだった。

一方で、若いころに似ているのなら、歳をとればああいう顔になるのか、とあのときの祖父さまの顔を思い出し、あまりいい気はしなかった。

祖父さまの言っていたその家宝を譲り受けたのは、藤枝家が江戸を去り、国包は一戸前兼貞の元で刀鍛冶の修業を続けるため、ひとり江戸に残ることが決まった二十三歳のときだった。

「これは、父上から授けられた家宝だ。父上はわたしに言われた。三男に生まれたおまえは、兄弟の中で一番報われぬ境遇だ。暮らしに困ることが、あるかもしれない。そのときはこれを金に換え、暮らしの助けにせよ、となわが家は豊かではないが、幸いにも売らずにきた。よってこれは、江戸に残るおまえに授ける。おまえがもし暮らしに困ったら、これを売って暮らしの足しにすればよい」

と、父親の国広から、見事な打刀を授けられた。

それは黒蠟色《くろろいろ》塗の鞘《さや》に納まり、柄《つか》は革巻柄、木瓜形《もっこう》の鍔《つば》の拵《こしら》えだった。

「来国頼の鍛えた一刀だ。来国頼は、知っているな」

「鎌倉期の京山城《やましろ》の、来派の刀工です。来派の中でも、国頼は実戦に即した質実な刀造りを極め、質実の極致が生んだ優美さに真髄があると、師匠の兼貞から聞いた覚えがあります」

「わが父上、亡くなったおまえのお祖父さまは、これをお祖母さまのお祖父さまにあたる友成数右衛門というわれらの先祖のひとりから、大坂の夏の陣の折りに譲られた。その折りも、売れば金になると言われたそうだ。祖父さまの友成包蔵は、元は上方の枚方村という村の鍛冶屋で……」

と、国広の話が続いた。だが、国包は抜刀した刀身を障子ごしの薄日にかざし、ゆるやかな美しい反りや、はばきから鋒《きっさき》へ流れる丁子刃文、銀色に鎮まった皮鉄《かわがね》の艶《つや》めく妖気《ようき》に、身体が粟《あわ》だつのを覚えていた。

来国頼を見た途端、腹の中でわけのわからない何かが、こつん、とたてた音を聞いた。それを聞いて、国包は言葉を失い、銀色に鎮まった打刀にただ見惚《みと》れ、われを忘れていたのだった。

ときが消え、深い静けさが流れていき、ふっ、とわれにかえったのは、父親の国広が話を止め、国包の様子をじっと見つめていたからだった。

「見るのは初めてです。来国頼の打刀が、わが家にあったのですか」

国包は、少し照れて国広へ微笑みを投げた。

「大丈夫か？」

「大丈夫です。これを、わたしに？」

「そうだ。この刀は、おまえが持つのが、もっとも相応《ふさわ》しいような気がする。もしも、おまえもこれを売らずに済んだなら、持つのがもっとも相応しいと思う誰かに譲ってやれ。自分の子でなくともよい。そうと思う誰かにな」

祖父さまの言っていた家宝はこれか、と国包は、ふと、五歳のときに祖父さまから聞いた言葉を思い出した。祖父さまが、孫たちの中で一番幼かった国包に、心の糧になる、と言った言葉が、すとん、と腑《ふ》に落ちた。

なるほど、これがおれの心の糧なのかもな。この道を進んで、この心の糧を鍛えていけばよかろうと、祖父さまが言っていたのは、これか。

部屋住みよりはましか、と思っていた国包に心鉄《しんがね》が入ったのは、来国頼の打刀を授けられたあの折りだったのかもしれない。

二

かん、かんかん、かん、かんかん……

鍛冶場に横座の国包と、向こう槌の千野と清順の槌の音が続いている。

古鉄を卸し、折りかえし鍛錬を繰りかえす下鍛えは、およそ十日の工程のうちの、三日目と四日目の両日に行う。

「ふむ」

国包は槌を止め、刃鉄を炭火の中へ差し入れた。ふいごを吹かし、火床をあおった。千野と清順は、槌をわきにさげ、刃鉄がまた真っ赤に沸きたつまで、荒い息を整えつつ待っている。

鍛冶場の無双窓から、三日目の西に傾いた日が射しこんでいた。

北河内枚方村の鍛冶屋の包蔵は、友成数右衛門の倅の、友成正之助の娘・生江《いくえ》の養子婿となり、徳川家旗本・二千五百石の友成家の家督を継いだ。

三人の倅ができた。長男の数之助《かずのすけ》は友成家を継いで、江戸城の中奥小姓衆。次男の正包は、小納戸衆の家禄八百石の旗本の家に婿入りし、三男の国広が、藤堂家納戸役の三百石の藤枝家に婿入りした。

藤枝家に婿入りした国広には、二人の倅がいた。今は藤堂家国元で藤枝家を継いでいる長男の広之進《ひろのしん》、そして、次男がこの刀鍛冶・一戸前国包である。

国包は、暮らしのために数打物を鍛える生業には気が進まなかった。

とは言え、師匠の兼貞がそうだったように、一戸前家を継いでから、数打物を作らなければ、刀鍛冶の暮らしはたちまち困窮に陥った。

天下泰平になり、刀鍛冶の仕事は減っていた。世に名の知られたひとにぎりの刀工や、お抱え刀工などは別だが、名も知られていない自由鍛冶の若い国包に、値の張る刀作りの依頼などなかった。

数打物の雑刀の注文なら、あった。作れば、飛ぶように売れた。

江戸が人口百万の都市になったのは、元禄のころである。

その半数近くが、主家に仕える武家なのである。仕官の道を求めて、諸国一の大都市江戸に流れてくる浪人もいた。武家の男子《だんし》は、二刀を帯びた。倅ができれば、長男は元より、次男三男四男、それ以上にも買い与えなければならない。

少数の大家をのぞけば、禄の低い武家は安価な刀を買い求めた。

名のある刀工の刀を持つ者は、わずかだった。

暮らしのために刀を売る武士がいたのは、天下泰平の世になったとは言え、刀の需要はそれなりにあったからである。

国包の鍛冶場でも、数寄屋河岸に《御刀《おんかたな》》と看板を出した出来合いの刀や脇差を売る太刀売り屋から、打刀何本、脇差何本、小刀と道中差しを何本、というふうな依頼を受け、それを、いついつまでに、と言われた期限に作って卸していた。

つまり、町の刀屋さんに数をそろえて安価に卸すのである。

太刀売り屋からまとまった注文が入ると、鍛冶場は休みなしの忙しさだった。

硬さと粘り、美しい肌を備えた名刀ではないから、一本の刀作りに十日もかけてはいられない。せいぜい、四、五日で、期限に間に合わないと、「師匠、まだできませんか」と、太刀売り屋の小僧が催促にくる。

「済まない、小僧さん。このとおりだ。もうちょいとかかる。ご主人に、よろしく伝えてくれ」

と、にやにや顔を見せる小僧を追いかえす。

刀の値は、上げ鍛えの少ない心鉄を多くし、上げ鍛えに手間をかけて美しい光沢と鋭い斬れ味を生む皮鉄を少なくする加減で、ずいぶんと安価にできた。

しかし、銘も刻まない安価な刀であっても、せめてここまでは、とこだわり、しばしば期限に間に合わなかったり、ついつい刀鍛冶の血が騒いで、値の合わない刀を作ってしまう場合が、国包にはあった。

自嘲《じちょう》しつつ、この程度でいいんだ、という融通の利かない性分だった。

ただ、そのせいか、数打物でも国包の刀は売れ行きがよかった。値段の割には、斬れ味がよく、丈夫で、何よりも見た目が美しかった。どうせ買うならこちらを、とわずかに高めでも、国包の刀を買って帰る客が少しずつ増えていた。

数寄屋河岸に《御刀》の軒看板をかかげる備後屋《びんごや》の主人は、一風《いっぷう》という名の国包と同じ年ごろの男だった。備後屋一風は、

「師匠の兼貞さんだって、もう少し融通が利きましたよ。念を入れるところと力を抜くところの加減を心得て作ればいいんです。まともに鑑定のできる客は、そうはいないんです。そういう客は、太刀売り屋にはきませんしね。幾らいい刀でも、数を作らないと、評判はあがりませんよ」

と、国包に冷めた細い目を向けて言っていた。その一風が、数打物の雑刀の中でも、国包の作った刀の評判があがり始めたころ、

「どうです。一戸前国包の渾身《こんしん》の一本を鍛えて、特別値をつけて、売り出してみますか。とに角、ちょっと見にも見栄えよく拵えてですね」

と、持ちかけたことがあった。

「刀に刻む銘は、一戸前国包ではいかにも鄙《ひな》びて、力強さに欠けます。一戸前ではなく、武蔵《むさし》国包という銘はどうでしょうかね。武蔵国包なら、一戸前国包よりよく斬れそうでしょう」

一風は、頓着《とんちゃく》なしに銘まで勝手に決めた。

国包は、父親より譲られた来国頼の打刀を念頭におき、それを超えたい、と願って一本の打刀を鍛えあげた。そして、初めて《武蔵国包》の銘を刻んだ。娘の千野が、まだよちよち歩きのころだ。

一風はそれに十両の値をつけて、備後屋の店の間の刀架に、さも高名な刀工の一刀らしくかけて売り出した。

初めての武蔵国包は売れなかった。備後屋の店の間の、埃《ほこり》をかぶった。

備後屋で埃をかぶっていた武蔵国包が売れたのは、それから十年後の、好景気に沸きたつ元禄の世の半ばになってからだ。

国包は、四十をすぎていた。

「売れましたよ、一戸前さん。武蔵国包が売れました」

一風が、弓町の鍛冶場へ走ってやってきて、大声で言った。

「何？　売れたのか」

「売れましたよ。やりましたね」

値は十両の半値以下の、三両だった。

三両？　たった三両か。いや、よく三両で売れたな、と思った。

四十をすぎても、刀鍛冶の国包の名を知る者は少なかった。心の糧を鍛えよ、家宝はおのれの腹の中にある、と言った祖父さまの記憶もだいぶ古びていた。

それが、刀鍛冶国包の一刀を三両で買ってくれた客がいる。

刀には、刀鍛冶国包の性根《しょうね》がこもっている。刀鍛冶国包の性根を、三両もの大金を払って買ってくれたのだ。

「なんとありがたいことだ」

国包は、そのまま前へ進め、と言われた気がした。

世は元禄の好景気に沸いていた。ごく人並みな武家であっても、奢侈《しゃし》な暮らしに慣れ、嫁入り道具としての刀は値打ちが増していた。

それを機にしたかのように、備後屋の打刀何本、脇差何本、小刀道中差し何本、などの注文ではなく、娘の嫁入り道具にしたいと、ぽつ、ぽつ、と国包の鍛冶場に武家から依頼がき始めた。少々無理をしてでも、と考える武家が、国包の刀を嫁入り道具に、とわざわざ鍛冶場を訪ねてきた。

そこへ、去年の冬に江戸で起こった大事件が、追い風になった。

先年、赤穂《あこう》君主の浅野内匠頭《あさのたくみのかみ》が、幕府高家の吉良上野介《きらこうずけのすけ》に遺恨を抱き、江戸城松の廊下において刃傷におよび、疵《きず》を負わせた。その咎《とが》めにより、浅野内匠頭は切腹、浅野家は改易となっていた。

元浅野家家臣の四十七人かそこらの侍が、その顚末《てんまつ》を承服せず、亡き主君の遺恨をはらすことを名分に、武装して本所の吉良邸に夜襲をかけた。

主《あるじ》の上野介を始め、警護についていた家臣十数名が討たれた殺傷事件である。

江戸の町は、赤穂浪士の吉良邸討ち入りに騒然となった。

忠義の侍、赤穂義士、とおのれを捨てて主君の恨みをはらした四十七人の侍たちを褒めたたえる声が沸きたつ一方で、徒党を組んだ一味のなぶり殺しでは、という声や、将軍家のお膝《ひざ》元を騒がせた不埒《ふらち》なふる舞い、という声もあった。

すると、今年になって、国包に刀作りの依頼が急に増えた。事件後、いかなる不測の事態にも、粗漏なきよう備えておくのが侍のたしなみ。侍なら、相応の差料を帯びていなければ面目が施せぬ、という配慮が多くの武家に働いた。

依頼が、ぽつぽつから次々とき始め、備後屋の注文が、こなせないくらいになった。一風は、不満を隠さなかったが、

「刀鍛冶が、刀作りを断ることはできぬ。済まん。ちょいと待ってくれ」

と、頭をさげた。

「すると、太刀売り屋の刀は刀ではないと仰《おっしゃ》るのですか」

「いや、そうではない。だが、できぬものはできぬのだ」

所詮《しょせん》は一ときの流行《はや》りなのだと、一風をなだめるしかなかった。

国包は、鍛えあげた刀に、《武蔵国包》の銘を刻みつけた。

名はさほど知られておらぬが、鎌倉の世より伝わる来派の刀工らしい、と武蔵国包の評判は少しずつ高まっていた。

少しずつでも名が知られてくると、「武蔵国包はよき銘だ」と、このごろ国包自身にも思えてきたから、妙なものである。

三

鍛冶場の槌音が止んだ。

「今日はこれまでにしよう。明日は、皮鉄の下鍛えを終わらせる」

国包が槌をおき、千野と清順が、「ふう」と吐息をついた。

無双窓の外に、夕方の空が見えている。

火床の火を落とし、片づけをしているところへ、十蔵が現れた。

「旦那さま、先ほど、永田町の友成さまのお使いの方が見えられ、今夕、一献傾けたいゆえ、お屋敷におこし願いたいとの伝言でございます」

「一献傾けたいゆえ、友成の屋敷へ？　ふむ、そうか……」

国包は、気乗りのせぬふうにこたえた。なんだろう、と小首をかしげた。

千野と清順が片づけをしていて、がら、がらら、と金具の触れる音が聞こえた。

「わかった。身体を洗って、すぐ支度をする。風呂《ふろ》は沸いているか」

「沸いております。いつでも……」

「十蔵、供を頼む」

「承知いたしました」

仕事柄、一戸前家には内風呂がある。

この時代、内風呂のある店は珍しい。手代を何人も抱えるかなりの店でも、界隈《かいわい》の湯屋にいく。内風呂を備えないのは、火事の用心のためである。

「清順、夕飯はひとりだな。千野たちと一緒に済ませてもよいぞ」

「はい。そのようにいたします」

清順が、額の汗をぬぐいながらこたえた。

一戸前家の夕飯は、国包と老僕の十蔵、弟子の清順の男三人がとり、三人が済んだあとに、妻の富未、娘の千野、小女のお駒の女三人が一緒にとる。

師匠の兼貞は、ひとりで膳《ぜん》に向かった。弟子や使用人たちは、兼貞が済んでからみなでとる習わしだった。国包は、一戸前を継いでから、それを変えた。ひとりで膳に向かうのは、つまらなかったからだ。

湯から出て、富未が手伝い羽織袴に着替えた。富未は、紙入れ、財布、煙草入れと順々にわたし、最後に、袖にくるんで二刀を差し出した。

国包は、黒鞘の二刀を帯びた。名刀ではないが、師匠一戸前兼貞の銘が刻まれている。兼貞に弟子入りして、稽古《けいこ》刀として国包が初めて鍛えた打刀だった。

売り物にならない雑刀だった。だが、兼貞が言った。

「寄こせ。銘を入れてやる。わしの銘が入っていれば、少しは金になる。これを売って給金のかわりにせい」

徒弟に給金が払えぬくらい暮らしがきびしいことは、たびたびあった。

国包は、一戸前兼貞の銘を刻んだ若き日の稽古刀を、売ることなく、今なお自分の差料にしていた。この刀は手放せない。名刀に武士の魂が宿るとは限らぬ。魂はおのれの腹の中にある。祖父さまなら言うだろう。

表戸を出ると、夕暮れが迫っていた。十蔵が、夕暮れの薄暗がりの中に提灯《ちょうちん》を灯《とも》して待っていた。

十蔵も羽織を着て二刀を帯び、袴の股《もも》だちを高くとった郎党姿である。

富未と千野、清順、お駒が見送りに出てきた。

「お気をつけて」

富未が言った。

「父《とと》さま、あまりおすごしになりませんように」

千野はこのごろ、母親の富未に口ぶりが似てきた。

「ふむ。一献傾けたいというのは口実だ。何か用を、言いつかるのだろう。大して呑みはせぬさ」

　国包は千野に笑いかけ、「いくぞ」と、十蔵を促した。

　弓町の小路へ出た。小路を南にゆき、南横町の辻《つじ》を西へお濠端に出て、堤道を南に折れた。

　曲輪の石垣と白い土塀が、薄暮の下の灰色に染まっている。

　数寄屋河岸をすぎ、山下《やました》御門の濠を越えて大名の上屋敷の土塀がつらなる外桜田《そとさくらだ》、霞ヶ関《かすみがせき》の坂をのぼり、南の永田町方面へ、真田家下屋敷と細川《ほそかわ》家上屋敷の間の往来へとった。

　日が暮れて、人通りの途絶えた往来は静まりかえっていた。

　辻番の明かりが、すでに暗くなった往来の彼方《かなた》に、ぽつんと見えた。明かりがなければ、夜道は歩けないし、明かりを持たずに夜道を歩くのは咎めを受ける。

「寒いな」

　国包の足下を照らしながらゆく十蔵に、声をかけた。

「寒うございます。昼間は、まだ秋の穏やかさでしたがな」

「やはり、冬だな」

「冬ですな。年寄りには、寒さは堪《こた》えます」

「十蔵でも、堪えるか」

「堪えますとも。冬は寒さがこたえ、夏は暑さがこたえ、春は春で、秋は秋でと、歳をとるのは、面倒なものです」

「おれも近ごろ、若いときは平気だった暑さや寒さが、つらいと感じるようになった。歳だよ」

「何を仰います。旦那さまはまだ四十七。わたしが清順を負ぶうて弓町のお店《たな》に押しかけましたのは、四十八の歳でした。あのころは、歳だと思う余裕など、ありませんでしたぞ」

「あのとき十蔵が負ぶうていた清順が、十五の若衆になった。娘の千野は十七。清順と千野を見ていると、儚《はかな》きときの流れに気づかされ、冬の寒さが堪えるのさ」

「あは、それもそうです。気がついたときは、若きときは、はるか彼方の後ろに、小さくなっておりますもので」

そう言えば、と国包は言いかけ、ふと、言うのを止めた。

十蔵が清順を負ぶうて一戸前の店に現れたとき、おぬしの髷はまだ黒かった、と十蔵の白くなった髷を見て言いかけたのだ。

十蔵の髪は、この十数年のうちに、美しいほどの白髪になっていた。十蔵は毎朝欠かさず月代《さかやき》を自ら綺麗《きれい》に剃《そ》り、自ら白い髷をしっかりと結う。

提灯の小さな明かりは、国包と十蔵の歩む数歩先に届いているばかりである。その先は宵闇に包まれ、見えなかった。

歳をとったことを嘆くまい。数歩先が見えれば歩める。それで十分。

国包は十蔵の白い髷を見やり、物憂く笑った。

十蔵は、国包より十五年上の六十二歳である。名は伊地知《いぢち》十蔵。慶長の大坂城落城以降、食い扶持《ぶち》を求めて江戸に流れてきた浪人の子で、国包が物心ついたころには、藤枝家の若党として奉公していた。

藤堂家江戸勤番の藤枝家には、暮らし廻《まわ》りの下男下女のほかに、先代が江戸勤番になってから国元より伴ってきたおとな侍が、ひとり奉公していた。友成国広が養子婿として藤枝家に入り、長男、長女、そして末の倅の国包が生まれたころ、おとな侍が江戸煩いにかかり、国元へ帰ることになった。

代わりに、二十歳になっていなかった伊地知十蔵が雇い入れられたのは、浪々の身ながら武芸に秀でていたからである。

まだ武芸の重んじられる、万治《まんじ》から寛文へいたる世でもあった。

若党は、さんぴん侍、と呼ばれる三両一人扶持ほどの給金である。主家の藤堂家から見れば、数にも入らぬ陪臣だった。しかし、十蔵は藤枝家によく仕えた。気が廻り、頭のよい男だった。

幼いころの国包は、一時期、十蔵から剣術の手ほどきを受けた覚えがある。

ひたすら真っすぐに木刀を打ちこむだけの稽古で、十蔵の腕前がどれほどのものか、幼い国包は知る由もなかった。後年、神田明神《かんだみょうじん》下の神陰《しんかげ》流の道場に入門し、国包の身体が、武芸剣術の技量を真綿に水が染みこむように蓄え始めたとき、幼いころはわからなかった十蔵の並々ならぬ技量に、ようやく気づいた。

十蔵は本当は、凄《すご》い男なのだな、と国包は見なおした。十蔵をひとりの武芸者として見なおすと、頼りになる同志のような親しみすら覚えた。

しかし、藤枝家が、江戸勤番から役目替えになり国元へ戻ると決まって、十蔵は藤枝家より去らねばならなかった。家禄三百石の藤枝家には、国元に代々仕えるおとな侍がいて、十蔵を国元へ伴って奉公を続けさせるゆとりがなかった。

十蔵が藤枝家を去る前夜、国包は十蔵と別れを惜しんで酒を酌み交わした。その折りに、十蔵と交わした話を覚えている。

「世話になった、十蔵。許してくれ」藤枝家は禄が低い。父上は、惜しい男だがやむを得ぬ、と言っていた。

「武家の暮らしが、どこも苦しくなっており、いたし方ありません」

「先にあては、あるのか」

「町人が力をつけております。武家の奉公先が決まらなければ、町家勤めもと、考えております。商いは無理ですが、何か、力仕事でもあればと」

「下男奉公とか、人足とか、そういう仕事をするのか」

「はい。食うてゆくために、なんでもやるつもりでおります。歳は三十八。まだまだ盛りでござる。幸い、身体だけは自信がありますので。ところで、国包さまは伊勢へいかれて、将来はどうなされるおつもりですか」

「いや。おれは伊勢にいかぬことにした。一戸前の住みこみ弟子になって、刀鍛冶を生業にすることに決めた。藤枝家は藤堂家の家臣だが、父上は江戸勤番の藤枝家に養子婿に入って家督を継いだ身だ。おれは江戸生まれの江戸育ち。国元のことは何も知らぬ。ならば、これを機に藤枝家を出て刀鍛冶の修業を続け、いずれは刀鍛冶として一家をかまえようと、腹が定《さだ》まった。お家からお許しも出た」

「おお、そうでしたか。世が違っていれば、国包さまは一群の兵を率いて戦場に向かわれる器量をお持ちの方だ。国包さまなら、よき刀鍛冶になられます」

「買いかぶりだ。おれは、道楽で刀鍛冶の修業を始めたようないい加減な男さ。ほかに能もないから、刀鍛冶でゆくことに決めた。泰平の世になって、刀鍛冶の暮らしが苦しいのは師匠を見ていればわかる。おれなど、どれほどやれるか」

「いいえ。国包さまは、常人にはない武芸の天性を授かりながら、それを捨てて刀鍛冶の修業を始められた。国包さまは若い。まだ気づいておられぬのかもしれませんが、ご自分の中の何かが、そうさせたのです。思う道をお進みなされ。今に、刀鍛冶藤枝国包さまの名が世に出ることでしょう」

「思う道をか。昔、祖父さまが似たようなことを言っていた。十蔵の手ほどきで剣の稽古をしていたときから、おまえは褒め上手だった。しかし、褒めてもらうと励みになる。おれが、一家をかまえて奉公人を雇えるほどになれたなら、十蔵に声をかけてやる。もしも、の話だがな」

「それは、嬉《うれ》しゅうござる。国包さまの郎党として、働ける日を楽しみにいたしております」

と、十蔵は明るく笑って見せたのだった。

それから、国包は弓町の一戸前兼貞の住みこみ弟子となったが、藤枝家を去った十蔵の行方は、知れなくなっていた。

三年後の天和《てんな》二年、国包は兼貞と養子縁組を結び、一戸前国包と名乗った。

老いた兼貞の代替わりをして、一戸前家の主人となったのは、その翌年である。

貞享《じょうきょう》二年、三十間堀町《さんじっけんほり》二丁目の土手通りに店をかまえる寄合茶屋《大護屋《だいごや》》の富未を娶《めと》った。国包は二十九歳、富未は十九歳だった。

富未を娶ったことに、特別な事情はない。

寄合茶屋は、仲間の寄合や町内の会合、書画骨董《こっとう》の品評会などに貸席を営む茶屋である。元禄の前までは、料亭や会席の酒亭などは、江戸の町にはまだほとんどなかった。寄合茶屋が料理や宴席の支度をし、会席の場を調えた。町民のみならず、武家も、寄合茶屋の貸席を利用した。

大護屋は、界隈では老舗《しにせ》の寄合茶屋である。

弓町やその周辺の刀鍛冶、弓師、具足職人らの同業者仲間の寄合に、大護屋を利用していた。国包が一戸前国包と名乗って一戸前家を継ぎ、その寄合に出るようになった。それが、富未と知り合うきっかけである。

大護屋の富未は、土手通りでは一番の器量よし、と評判の娘だった。

当時の主人の清兵衛《せいべえ》が、富未の父親である。

二年がたち、その富未と国包に縁談話が持ちあがった。

大護屋の主人の清兵衛は、表では《師匠》と刀鍛冶の国包をたててはいても、貧乏刀鍛冶に自慢の娘を嫁にやるつもりはなかった。

素性は武家でも、今は名もなき町家の自由鍛冶である。食いつめた武士が刀鍛冶になるのが珍しくないことぐらい、町民でも知っている。

武家にもいろいろある。清兵衛は、数打物で稼ぐ貧乏刀鍛冶の国包に、自慢の娘を嫁がせ貧乏暮らしをさせる気はなかった。富未は、両替商や大店《おおだな》の将来に見こみのある手代か、小店でも表通りにかまえる老舗の家へ嫁がせたい、と考えていた。

ところが、富未が国包に嫁いでもいいと言い出したのである。

「貧乏暮らしは、おまえが思っているほど簡単なことではないのだよ」

清兵衛は止めた。だが、たとえ貧乏暮らしでも、「国包さんとなら」と言って、清兵衛を戸惑わせた。富未は、大人しそうな見た目とは違って、少し頑固なところがあるのは、父親の清兵衛にはわかっていた。

貞享二年、国包は富未を妻に迎えた。

貞享四年には千野が生まれた。

さらに二年がたち、十蔵が藤枝家を去って十年の歳月が流れ、元禄二年の冬のある日だった。

弓町の鍛冶場の前の、陽射しの降る小路に、怪しげな侍が佇《たたず》んだ。

侍は、破れ菅笠《すげがさ》に、継ぎはぎのあたった粗末な着物と股だちをとった茶袴、素足に草鞋《わらじ》を着けたみすぼらしい風体だった。破れ菅笠の下の口元に無精髭《ひげ》をのばし、首筋や襟元にのぞく肌は垢染《あかじ》みていた。

しかも、その侍は、まだ乳飲み子ほどの赤ん坊を背中に負ぶうていた。

赤ん坊は侍の背中で、空《うつ》ろな目を国包に投げ、泣く元気もなく、人形のように動かなかった。

国包は鍛冶場で徒弟を相手に、火花を散らし、槌音を響かせていた。数寄屋河岸の備後屋に卸す、数打物の仕事の最中だった。刀鍛冶武蔵国包の名は、誰にも知られていなかった。それでも、数打物の中でも国包の鍛えた刀は評判がよく、仕事が増え始めていたころだった。

折りかえし鍛錬の刃鉄を火床へ、がら、と差し入れたとき、国包は小路に佇んでいる侍にきづいた。

うん？　とふいごを動かしつつ、侍と背中の赤ん坊へ目を向けた。

すると、尾羽《おは》打ち枯らした扮装の侍が、破れ菅笠をとって辞宜をした。

不覚にも国包は、すぐに十蔵がわからなかった。

ふいごの手は止めず、訝《いぶか》しく見つめた。侍は若くもなかった。義父の、大護屋清兵衛の歳に近いくらいの年配に思われた。

あの侍、刀の用か。それとも、暮らしに窮し刀を売りにきたのか。そうであれば、数寄屋河岸の備後屋を教えてやればいいのだが……

などと考えた。

それにしても、背中の赤ん坊はなんとしたことだ。小さな瘦せた手を垂らし、国包に目を向けている様子があまりに哀れだった。

あの男の子だろうか。いや、孫か。生きているのか。死んでいるのか。

そのとき、侍が言った。

「国包さま、ご無沙汰《ぶさた》いたしておりました。伊地知十蔵でございます」

懐かしい十蔵の声が、国包の脳裡《のうり》に甦《よみがえ》った。十年前の十蔵の面影が甦った。

「伊地知十蔵? おお、十蔵か」

国包はふいごの手を止め、立ちあがった。

「十蔵、息災であったか」

思わず言った瞬間、国包は胸を打たれた。十蔵の背中の赤ん坊が、国包へ向けていた目に怯《おび》えを浮かべ、慈悲を求めるかのようなか細い泣き声をあげた。

その赤ん坊が、清順である。

「背中の子は、四十八になって授かりました、わが倅の清順でござる。しかし、わが女房は、三月前、この子を残し亡くなりました。まだ自分の足で立つこともできぬわが倅が、たとえ生き長らえても、みすぼらしきわたしと同じ運命をたどることを思うと、不憫《ふびん》でなりません。わたしはいい。ほかの生き方を知らなかった。わたしはもはや、手遅れでござる。しかしながら、わが倅には、わたしと同じではない望みを与えてやりたいと、思ったのです。国包さまが一戸前家を継がれ、武蔵国包の銘で刀を作られていることは、存じておりました」

恥を忍んで申します――と、十蔵は言った。

「わたしと倅は、今、飢えております。何とぞ、倅と二人、寝る場所と飢えぬだけの食い物をいただきたいのです。それだけで、十分です。歳は四十八ですが、身体はまだまだ頑健ゆえ、一戸前家の下僕になりともお雇いくだされば、国包さまのお役にたてる自信はあります。また、倅が物心ついたのちは、刀鍛冶武蔵国包さまのお弟子に加えていただければと、お情けにすがりにまいりました」

十蔵は、この十年をどのように暮らしてきたのか、倅を産んだ女房についても亡くなったということ以外は語らなかった。十蔵が語らないのだから、国包は訊《き》かなかった。それでよい、と思ったからだ。

「十蔵、なぜもっと早くこなかった。入れ。おぬしの倅の顔を見せてくれ」

言いながら、国包は十蔵の背中でか細く泣く赤ん坊が心配になっていた。

あれから清順は、千野の弟のように一戸前家で若衆に育った。

十五年目か、と国包は腹の中で繰りかえした。

星が夜空を覆い、永田町の夜道を静寂が包んでいた。

国包と十蔵の足音だけが聞こえてくる。往来の先に、辻番の明かりがだんだん近づいてきた。二千五百石の旗本友成家の屋敷は、あの辻番をすぎたところに長屋門をかまえている。

国包は、提灯をかざしてゆく十蔵の背中に再び言った。

「友成家の用は、なんだろう」

「さあ、なんでございましょうかな。ご隠居さまのことですから、一献傾けるだけでは済まぬような気がします。何か、ありましたのかな。わたしごときが勝手に推量しても、仕方ありませんが」

十蔵は、国包を気遣って言った。

「去年の赤穂侍の吉良邸討ち入り以来、お上の町家の争い事や浪人者への詮議が厳しくなり、備後屋にも町方がきて、刀を買っていく浪人者のことをあれこれ訊いたそうだ。数打物の売れゆきが、少し落ちたとも言っていた」

「そうなので？　赤穂侍の討ち入り後は、刀の売れゆきは、あがったのではありませんのか」

「今年の春ごろまでは、そうだったらしい。ところが、赤穂侍の切腹後は、逆に売れゆきは落ちこんだのだ」

「武士の鑑《かがみ》、赤穂義士の流行り熱が、冷めましたのかな」

「それもある。だが、備後屋の一風は、やはり、浪人者へのお上の詮議が厳しくなったせいだろうと言っていた。もっとも、武家には、吉良邸討ち入りの余波がまだ続いている。武蔵国包の銘で刀作りの仕事は、増えたが。一風に数打物の催促をされずとも、当分はやっていけそうだ」

「武蔵国包さまの銘は、吉良邸討ち入りとはかかわりなく、もっと評判になってもおかしくありません。こののち、仕事はまだ増えるのではありませんか」

「そうかな。そうであればな。数打物にはあきたし……」

　国包は、十蔵の背中へさらりと笑みを投げた。

四

友成家の長屋門の上にのびた樹影が、夜空の下で静かにゆれていた。

長屋門には片門番所があって、縦格子の障子戸に薄明かりが映っていた。

「申《もう》し、お頼み申します。一戸前国包さまと、供の者でござる。今宵《こよい》、ご隠居さまの友成数之助さまのお呼び出しにより、参上いたしました。お頼み申します」

十蔵が門番所に声をかけた。

国包は、若党の案内で、玄関式台から玄関広間を抜け、柱行灯《あんどん》の明かりを照りかえす拭《ぬぐ》い板の廊下を二曲がりして、次の間に続く書院へ通された。

十蔵は、廊下の途中の溜《たま》りの間に控えた。

国包は、化粧柱の床の間と床わきに向かって端座した。化粧柱の花活《い》けに、晩菊が活けてあり、床の間の壁に漢詩がかけられていた。

昔日金枝間白花《せきじつきんしはつかにまじる》　只今揺落向天涯《ただいまようらくてんがいにむかう》……

一灯の行灯が、床の間の漢詩をぼんやりと映していた。

枯山水の中庭に面した明障子は、隙間なく閉ざし、襖《ふすま》の唐紙、欄間の彫物、格子天井、そして青畳が、書院にさり気ない贅《ぜい》をこらしている。

しばしの間があって、廊下を踏む音がした。「ご隠居さまです」と、若党の声がかかった。

襖が静かに開けられ、友成家隠居の数之助が、着流しに羽織のくつろいだ姿で現れた。若党が、行灯をもう一灯かかげて従い、床の間を背に着座した数之助の傍らへおいた。

今年七十八歳の友成数之助は、背中の丸くなったおのれの姿に気づかぬかのように、顔をひょこりと持ちあげ、国包へ向けている。色白の顔に額の染みや、長い年月を刻んだ皺《しわ》が目についた。

「お呼びにより、参上いたしました」

国包は畳に手をつき、言った。

「ふむ、変わりなさそうだな。堅苦しい挨拶《あいさつ》はいらぬ。手をあげろ」

意外に若い張りのある声を、数之助は国包に投げた。国包は手をあげた。

「伯父《おじ》上もお変わりなく、何よりでございます」

「変わりなく、老いぼれておるよ。今年の年賀以来だな。早いものだ。春も夏も秋もすぎ、もう冬になった。まさに、ときは矢のごとく飛んでゆく。つまらぬな」

あは……

と、数之助はつまらなさそうでもなく笑った。

「久しぶりに、おまえと一献傾けたくなった。それで使いを出した。歳をとると、呑む相手がおらんのだ。古い呑み仲間は、もういなくなった。倅とは、話すこともないから呑む気がせん。だからおまえに声をかけた」

「わざわざ、お声をかけていただき、ありがとうございます。わたしでよければ、喜んでお相手させていただきます」

言いながら、それだけですか、と内心思った。

だが、先廻りはせず、数之助が用件をきり出すのを待つ余裕を、国包も備える年齢になっている。

数之助は、祖父友成包蔵の三人の倅の長男である。

四代将軍家綱《いえつな》のお側衆のひとりとして仕え、綱吉《つなよし》が五代将軍に就くとともに、家督を倅に譲り隠居の身となった。

国包の父親の国広の兄、すなわち、友成家本家の伯父にあたる。

三男の国広が養子婿となった藤堂家江戸勤番の藤枝家と、数之助の友成本家とは禄も家格も比べ物にならぬため、友成家とは殆《ほとん》ど交際はなく、藤枝家が役目が替って国元の伊勢に旅だつ前、一家がそろって永田町の友成家に挨拶にうかがった折りを最後に、縁がきれたも同然の親類だった。

その折り、父親の国広が、国包は江戸に残り今後とも刀鍛冶の修業を続けますゆえ、本家にご用があればなんなりとお命じくだされ、と数之助に言い、「ああ、そうか」と、数之助のどうでもよさそうな言い方を覚えているくらいである。

それが、世は元禄となり、刀鍛冶《武蔵国包》の名が武家の間で少しずつ知られ出したころ、突然、数之助の呼び出しを受け、十七年ぶりに、永田町のこの屋敷を訪ねた。

数之助は隠居の身となっていて、国包はすでに四十歳だった。

「おまえが一戸前家を継ぎ、一戸前国包となったことは、伊勢の国広から書状が届いて知っていた。おまえが訪ねてこぬから、そのうちくるだろう、と思って放っておいた。気がついたら、十七年もたっていた。いつの間にか老いぼれて、この先どれほど生きられるかわからぬ。だから呼んだのだ」

と、数之助はそのとき言った。

「一戸前国包を名乗りましても、町家の名もなき刀鍛冶です。上さまのお側衆をお務めの友成家に、物の数にも入らぬわが身のことなど、わざわざご報告するまでもあるまいと、遠慮しておりました」

「生きて暮らしておるのに、物の数に入らぬことなどあるものか。ましてやおまえは、わが友成一門ではないか。先日、武蔵国包、という江戸の刀鍛冶の評判を耳にした。武蔵国包の銘はまだ広まってはおらぬが、なかなかの名工だとな。おまえのことだな。少し驚いたし、感心もしたが、同時に、あることを思い出した。何を思い出したか、わかるか」

あのとき国包は考え、ああ、あれのことかと気づいた。

「来国頼のことですか」

「そうだ。察しがいいな。来国頼は、鎌倉の世の名高き刀工だ。あの打刀は、友成家の家宝だ。今、おまえが持っているのだな」

「はい。祖父さまよりわが父が譲り受け、江戸に残り、刀鍛冶の修業を続けると決めたときに、父からわたしが譲り受けました。来国頼を、友成家に戻せと？」

「来国頼を戻せ、と言うためにおまえを呼んだのではない。来国頼は、おまえが持つのに相応しい。相応しいから、おまえの手にわたった。おまえが持っているのだから、おまえの好きにしたらいい。それでよいのだ。ただし……」

数之助は、何かを思わせぶりに国包を横睨《にら》みにした。

「来国頼が、友成家に代々伝わる家宝であることに変わりはない。たとえ、友成包蔵から藤枝国広にわたり、倅の藤枝国包、また一戸前国包の手にわたろうともだ。わが父の友成包蔵は、元は上方の河内という土地の、村の鍛冶屋だった。縁あってわが曾祖父《そうそふ》、つまりおまえの曾々《ひいひい》じいさまの友成数右衛門から来国頼を譲り受け、友成包蔵になった。村の鍛冶屋がだぞ」

国包は黙っていた。

「つまりだ、友成家の家宝である来国頼を持つ者は、友成家一門の者であることの証《あかし》と言っていい。おまえが一戸前国包となり、刀工武蔵国包を名乗ろうと、来国頼を持つ者である限り、おまえの性根は、友成国包である宿命を忘れてはならぬ。おまえが来国頼を持つ者である限り、友成家の者としての性根を据えて生きねばならぬということだ。言っておる話の筋が、わかるか」

「なんとなく、わかるようなわからぬような。何しろ今は、一戸前国包ですから」

国包は、強引な伯父の理屈に淡々《たんたん》とこたえた。

「そのとおり。今は一戸前家を継いでおるのだから、一戸前国包としての面目は、それなりに施さねばならぬのは、言うまでもない。それはおまえが大人として、よきように裁量する事柄だ」

数之助は十七年ぶりに会った甥《おい》である国包に、友成家に性根を据えて、一戸前家の裁量をせよと、言っていた。要するに、一戸前国包であっても、友成家の用命には服さねばならぬ、という意味らしいのはわかった。

「むろん、友成家の者も、一戸前国包へはわが一門の者として支援を惜しまぬ。刀鍛冶武蔵国包の名が、名工として世に広く伝わるよう助力する。とりあえず、武蔵国包の打刀をひと振り注文する。わが孫の元服の折りに与えるのだ。頼むぞ」

本家にご用があればなんなりとお命じくだされ、と父が言っていた。それか、と十七年前の父国広の言葉を、国包は思い出した。

「ありがとうございます。精魂をこめまして」

と、国包は言った。都合のいい、何を言いつける気だ、と思ったが、口には出せなかった。とも角それが、この伯父友成数之助との、少々異な、と国包の思うかかわりの始まりだった。とも角、それからさらに七年がたっている。

そのとき、廊下で若党が告げた。

「坊野《ぼうの》享四郎《きょうしろう》さまが、お見えになられました」

「ふむ、こちらへお通しせよ。それから膳を運べ。供の衆らにもよきようにな」

「心得ました」

若党が廊下を退《さが》ると、数之助は、唐紙の襖から国包へ顔を戻した。

「今宵はもうひとり客がある。おまえに会わせるための客だ。三人で呑む。おまえに話したいことがあるそうだ。だが、刀の注文ではない」

と、腹に何かありそうな笑みを浮かべて言った。

数之助は、古い呑み仲間はいなくなったと言っていた。ということは、坊野某は伯父の友ではなく、自分が今宵呼ばれた何かの用のために訪ねてきたのかと、国包は少し訝しく思った。

「坊野享四郎と申される方は、伯父上と、どのようなご関係の方ですか」

「それは、あとで話す。武蔵川越《かわごえ》領の柳沢《やなぎさわ》家の侍だ。柳沢家の目付頭に就いておる」

「川越領の柳沢家、と言いますと、ご老中格の綱吉さまご侍従の、柳沢吉保《よしやす》さまのご家中ですか」

「さよう。去年の赤穂侍の一件でだいぶ評判を落とした、あの柳沢吉保どののな」

うっふふ……

と、含み笑いをもらした数之助の腹には、やはり、何かありそうである。

ほどなく廊下に足音がし、「坊野さまをご案内いたしました」と、襖の外で若党が言い、襖が静かに開けられた。

紺羽織に渋茶の袴姿の侍が、痩せた背を丸めて静かに入ってきた。

国包と似た歳の、四十代半ばに見えた。背は高く、細身の体軀に、青い顔色が表情を少し暗く見せていた。

坊野は着座し、手をつき低頭した。

「友成さま、本日はお招きいただき、お礼を申しあげます。わが主より、友成さまによろしく伝えるようにと、申しつかってまいりました」

若党が数之助の背後に進み、「柳沢さまよりお礼の品を……」と、ささやきかける声が聞こえ、数之助はさり気なく頷いた。

「それはご丁寧に、坊野どの。ま、手をあげてくだされ。この者が、お話ししたわが甥の一戸前国包、銘を武蔵国包という刀鍛冶です」

数之助が、国包へ手をかざした。

坊野は国包へ膝を向け、また手をついた。国包もそれに倣った。

「これは一戸前国包どの、わざわざのご足労、感謝いたします。優れた刀工の武蔵国包どのの名は、存じております。友成さまのご親類とうかがい、友成家ご一門の御仁であったか、なるほど、という気がいたしております」

坊野が幾ぶん大袈裟《おおげさ》に、だが慎重に言った。なるほどとは、どういう合点を言っているのかわからない。

「一戸前国包です。馬齢を加えながら、未《いま》だ修業の身です。お見知りおきを」

国包は、あたり障りなくかえした。手をあげると、坊野はまだ手をついたまま、冷めた目つきを上目遣いに向けていた。国包を、慎重に値踏みしている。柳沢家の目付頭というのが、ふと、気になった。

「まずは、よき酒と美味《うま》い料理を楽しむことに、いたそうではありませんか。話はそれからだ。今宵のために、灘《なだ》の下り酒を用意しておりますぞ」

膳が運ばれてきて、数之助が言った。

若党ともうひとりの若い家士が、三人の前に膳を並べていく。

料理は、一の膳と二の膳が調えられた。ひらめの細作りの平、裂きたらと茗荷《みょうが》と生わかめの膾《なます》の鉢、合歓豆腐の汁物、白和《しらあえ》や香の物の坪、白飯が一の膳に並び、二の膳は、真鯛の焼物、結び豆腐の汁、木の芽田楽が香ばしい匂いを放った。

燗《かん》にした酒が、黒塗りの提子《ひさげ》よりほのかな湯気をのぼらせている。

「さあさあ、始めよう」

「いただきます」

「馳走《ちそう》になります」

と、三人は杯をあげた。

武家の酒席は、手酌である。ついだりつがれたりは町家の風習であり、武家の宴は淡々と進む。自分を見失うほど呑むのは、不作法である。余ほど親しい間柄の寛《くつろ》いだ場でない限り、胡坐《あぐら》などもかかない。

三人の会話は、国包の刀作りの鍛錬から武蔵国包の評判、名工と知られている刀工の話におよび、それが、去年冬の赤穂侍の事件の顚末へうつった。

「西国の武骨な赤穂侍と思っておりましたが、あの侍たちはみな立派な最期だったと、よく耳にしました。わが殿も、じつは感心しておられたのです。赤穂の四十七士は、まことの侍らしくふる舞ったと。世情では、いろいろと言われ、わが殿の評判はよくはありませんでしたがな」

意外にも、坊野は吉良邸討ち入りの赤穂侍に好意を示す口ぶりだった。

「しかし、法とは厳格なものであり、罪は罪、咎めは咎めと、上さまの侍従としてお仕えする身ゆえ、そのようにお奨めせざるを得なかった、とわが殿はずいぶんと悩まれました。わが殿は、世情で言われているような、非情な方では決してございません。むしろ、心の広い情け深きお方なのです」

「それはそうだ。吉良邸に討ち入って多くの死傷者を出したのですから、赤穂侍どもは切腹に処されて当然でしょう。あの者どもに寛大なご処置がくだされたなら、御公儀の法度に禍根を残すことになりかねませんな」

数之助が言葉を継ぎ、坊野は相槌《あいづち》を打った。

「考えてみれば、吉良さまも不運でした。浅野どのはだいぶ癇性《かんしょう》で、根に持つお方だったようです。浅野どのがなぜあのように怒り狂い刃を揮ってきたのか、一向にわからぬと、生前、吉良さまはわが殿に申されておりました。しかも、浅野どのの切腹と吉良さまのお咎めなしは、上さまがご即断なされたことであり、吉良さまのせいではないのに、吉良さまは悪人にされてしまいました」

「柳沢吉保さまは、吉良さま悪人説のあおりを食って、評判を落とされた」

「そうなのです。政がどういうものなのかを知らぬ者が、口さがなく言い囃《はや》すのです。世間の評判など、まるで猖獗《しょうけつ》を極める流行病《はやりやまい》のようなものです」

「ですが、世間の評判、という流行病は放っておけませんしな」

「さよう。放ってはおけませんから、やっかいだ。縛り上げて牢《ろう》に放りこむこともできません」

あはは、うふふ……

と、坊野と数之助は、さしておかしくもなさそうな笑い声をたてた。

「一戸前どのは、わが殿柳沢吉保さまについて、どれほどご存じですか」

坊野が、その笑い顔を国包へさり気なく転じた。

「はい。長年、将軍綱吉さまのお側に仕え、幕府の政を陰で支えてこられたお方です。今は、綱吉さまのご侍従としてご老中格にのぼられ、また、武蔵川越領のご城主でもあり、領国を治めておられます」

国包は、思いついたことを言った。

「ふむ。まあ、そんなところですな。柳沢家は、元は甲州武田《こうしゅうたけだ》の旧臣です。先代の安忠《やすただ》さまの折りに、館林《たてばやし》領の綱吉さま付から勘定頭に就かれ、安忠さまのあとを継がれた吉保さまは、綱吉さまの小姓組に入られたのです。そのころはまだ、保明《やすあき》さまでございましたがな。綱吉さまが館林ご領主から五代将軍に就かれるとともに、幕閣に入られたのです」

「わが倅の正之《まさゆき》も、上さまが五代将軍に就かれてからお側衆となっておりましたが、そのころの保明さまは小納戸役でした。それが、上さまに殊のほかお気に入られ、昇進加増を重ね、元禄元年にはお側用人。しかも一万二千石余の大名になられたのだから、凄い。愚息など、足下にもおよびません」

と、数之助が機嫌よく口を挟んだ。

「いやいや、友成家は三河《みかわ》よりの由緒ある家柄。いかに出世をしようと、あとから徳川家の家臣になった者とは、家格が違います。柳沢家は、上さまの政をお側近くに仕えてお助けできる、運に恵まれただけです」

「運だけで、今ほど出世ができるわけがない。吉保さまが、並々ならぬ努力を積み重ねられたからこそできたのです。元禄七年に川越城主。元禄十四年には、松平の家号と綱吉さまの偏諱《へんき》を許され、柳沢吉保さまになられた。われら凡俗の輩とは、比べようもない」

「そう言っていただけるのは、まことにありがたい。われら、殿が上さまのお側用人に就かれたときに、家臣として召し抱えられました。柳沢家では新参の家臣ゆえ、さしたる功績もないままご奉公を続けております。わが殿のご恩に報いねばと思いつつ、おのれの微力に恥じ入る毎日でござる」

　すると、数之助が国包に話を向けた。

「国包は、武蔵川越領は、どのようなご領地だと思う」

　いきなりそのように訊ねられ、束の間、国包は戸惑いを覚えた。

「はい。武蔵川越領は……」

国包は、言葉を選びながら、やおらこたえた。

五

武蔵川越領は、岩槻《いわつき》、忍《おし》とともに、徳川譜代の三大名の領地であり、北西武蔵の抑えの地としての性格を持っていた。三大名のほかは、百を超す旗本の知行地になっていて、ひとつの村に二人、三人と領主のいる知行地もあった。

中でも川越領は江戸の北西、荒《あら》川の南に位置を占め、川越と結ぶ府中《ふちゅう》、八王子《はちおうじ》、青梅《おうめ》、飯能《はんのう》、越生《おごせ》、秩父《ちちぶ》への各街道は、主に西武蔵方面へ備える軍事上の意味があった。のみならず、それらの街道は農産物の集散地、あるいは商工業の交流の拠点としての川越城下と西武蔵の地を結び、さらに川越より陸路で十里、五十年前に開かれた舟運で三十里の、江戸とを結ぶ経済上の意味もあった。

国包は続けた。

「川越領は、酒井《さかい》家、堀田《ほった》家、松平《まつだいら》家、柳沢家と、四家続いてご老中ないしはご老中格のご譜代のお大名に与えられております。それゆえかの領地は、上さまのお側近くに仕えたもっとも信頼厚き徳川家重臣への報奨の知行所、という意味合いを持っているかと思われます」

「うむ？　川越領が知行所だと言うのか」

「先祖伝来の領地を代々継ぐ領主ではなく、上さまのお側に仕える幕閣に与えられる采地《さいち》。川越領は、意味合いにおいてそうではないかと」

「なるほど。そうとも言えますかな」

　数之助が坊野へ顔を向けた。

「上さまのお側近くに仕える有能な方々ゆえ、西武蔵の抑えの領地として江戸を守る役目とともに、天下泰平の世では、領地経営に手腕を発揮することが、何よりも上さまに面目を施すことになります。領地経営の要《かなめ》は新田の開発です。よって、川越領のご領主は、新田の開発に力をそそいでこられました。大坂の役後の酒井家の川越領が二万七千石であったのが、知恵伊豆《いず》の松平信綱《のぶつな》さまがご領主になられてからは、川越領は七万石を超えております。信綱さまが開発なされた新田は、野火止《のびどめ》から始まり、下赤坂《しもあかさか》、上松原《かみまつばら》、中福《なかふく》、上赤坂《かみあかさか》、堀兼《ほりがね》……」

「国包、よく知っておるな。どこで調べた」

　数之助と坊野が、少し苦い顔つきになっていた。

「失礼いたしました。つまらぬことを申しました。調べたわけではありません。去年の赤穂侍の一件のあと、柳沢さまの評判があれこれとり沙汰される中で、ある瓦《かわら》版《ばん》が、川越領主となられてから柳沢さまの行われた新田開発の功績をとりあげておりました。松平信綱さまの新田開発と比べ、知恵伊豆と御側用人のどちらが知恵者か、と競うような。その受け売りです。お許しください」

坊野が、ふむふむ、と頷《うなず》いた。

「松平信綱さまの開発は、玉川《たまがわ》上水を命じて江戸の水不足をまかないながら、同時に玉川上水より野火止へ用水を分水し、川越領の野火止の水不足を、解消なされた功績が最大のものでしょう」

「あれは確かに、知恵伊豆らしい手柄だ。狙いが功を奏しましたな」

数之助が同意した。

「ですが、わが殿の新田開発も負けてはおりませんぞ。わが殿は、川越領主となられてすぐに、所沢《ところざわ》街道の上富《かみどめ》、中富《なかどめ》、下富《しもどめ》の新田開発に着手なされました。三年余にもおよぶ大開発です。のみならず、領内特産品の《河越茶》を新田の畦《あぜ》に植えることを奨励し、武蔵野に吹き荒れる空っ風に飛ばされやすい赤土を防いで田畑を守り、かつ、百姓の副業にもなる、一挙両得の手だてをこうじられたわけです」

「さすがは、柳沢吉保さま。あの新田開発は、知恵伊豆以上とも評判でしたな」

と、数之助は調子を合わせている。

畦に茶の植えつけか。どれほどの効果があったのか。百姓もいろいろやらされて大変だ。国包は思いつつ、黙って聞いていた。

「領地経営にも手腕を発揮なされ、上さまのわが殿への覚えはますますめでたく、おととし、松平家の家号と上さまの偏諱を許され、吉保と名を改められました。わが殿の目覚ましきご出世に、家臣として誇らしく、また驚くほかござらん」

ただ……

と、坊野は言いかけて口ごもった。

酒をつぎ、杯をゆっくりと持ちあげた。物思わしげな沈黙が流れ、喉《のど》を鳴らして酒を呑み、食い物を咀嚼《そしやく》し、鉢や皿や椀《わん》に箸《はし》の触れる音が沈黙を破った。

沈黙をおいて、坊野は続けた。

「わが殿がご出世をなされればなさるほど、それに応じて気苦労も増えるというものです。わが身を棚にあげて申しますが、家臣の中にはわが殿のご器量についてゆけぬ者もおります。殿の御ためと勘違いし、おのれの出世欲にかられて家臣の本分を忘れてふる舞い、勘違いに気づかず、おのれのふる舞いが、殿のお立場を損ねていることを知らぬ者がおります」

「人それぞれ、家臣もそれぞれですからな。お家が大きくなると、召し抱える家臣が増えて、出来の悪い輩も出てくるものです」

数之助が言い、坊野は頷きかけた。

「わが殿は元禄十四年に吉保と名を改められてから、所沢街道に面した原野の、さらなる新田開発を命じておられました。新田開発の奉行に、斑目新左衛門《まだらめしんざえもん》と申す者をつけ、二年目のこの春より作づけができるように、とのご沙汰でした。斑目新左衛門どのは、それがしと同じく、元禄元年に上さまの御側用人に殿が就かれ、一万二千石余の大名になられた折り、新たに召し抱えられた家臣でござる」

「斑目家は、旗本三千石の小姓組番頭の家柄だ。新左衛門は斑目家の三男で、上さまの小姓衆に就いていていたが、上さまのお口利きで、吉保さまの家臣として柳沢家に召し抱えられ、一家をかまえる身となった」

数之助が言い添えた。

「さよう。旗本の家柄であり、上さまのお口利きでもありますので、殿も斑目どのを、家臣とは言え、粗略にあつかうわけにはいかず、側近としてとりたて、江戸屋敷に居住いたしておりました」

「三千石の小姓組番頭の家柄に上さまにお仕えする小姓衆、さらに新左衛門は種田《たねだ》流の槍《やり》の使い手で、それらを自慢にしておる。《槍の新左衛門》と、評判の使い手だ。わが倅も鼻につく、と言っておったぐらいに気位の高い男でな。吉保さまも使いにくかったであろう」

「常に殿のお側に従い、殿が川越領の領主となられてからは、領地経営などの殿のお指図があるときは、斑目どのが川越城下へ出向き、城下の役人に伝える役目をになっておりました。一戸前どのが先ほど言われたように、領地経営の役目は代々にわたって領地に居住いたしております郷士らが負いますので、われら柳沢家召し抱えの家臣らは、大旨、殿の元での江戸住まいなのです。よって、土地に不案内なわれらが、領地経営に口を出すことはありません」

「しかし、坊野どのは御家人の家柄ながら、柳沢家に仕えられたのちは家中の目付頭の役目に就かれ、今では吉保さまの信任の厚い立場になっておられる。あの明晰《めいせき》な吉保さまがお認めなのだから、坊野どのは、家柄ではなくご自分の力でそうなられた。大したものだ」

「それがしのような者を、恐縮いたします。ありがたいことに、ただ今は、殿より川越城下にもお屋敷をいただき、江戸と川越をいききする日々でござる」

「坊野どの、斑目どのは、新田開発の奉行を吉保さまに自ら申し出たのでしたな」

坊野は、眉間《みけん》に皺を寄せ、ゆっくりと頷いた。

「おそらく、一昨年、殿が松平の家号と上さまの偏諱を許された誉れに、おのれも手柄をと気がはやったのでござろうな。殿の御ためと、当人は思ったのでしょう。だが、殿の御ためと思うならば、おのれの手柄などという私心を捨て、領地の実情を知る者の差配に任せるべきでした。斑目どのは、自分なら二年もかからず一年で新田開発をやって見せると、意気ごみは盛んでしたが」

「実情を知らぬ者が差配して、上手《うま》く運ぶわけがない。実情を知らぬ者は、自分の都合のよいようにしか考えぬものだ。だから結局は、いきづまるのです。よくあることだ。そう思わぬか、国包」

と、数之助は黙っている国包の気を引くように言った。

「確かに、こうなるはずだがと思っていても、そうなった験《ためし》はありません」

国包がこたえると、数之助は、そういうことではないのだが、というふうに首をかしげた。

「まあいい。坊野どの、続けてくだされ」

「殿も、新田開発のお役目に斑目どのが携わった履歴がありませんので、気にはかけておられました。ですが、斑目どのの意気ごみを買われたのです。斑目どのに奉行を命じられ、斑目どのは江戸より川越城下に与えられた住まいにうつられた。ところが、意気ごみとは裏腹に、開発は思うように進まなかった。斑目どのは、百姓らが自分の命ずるままに働くものと思っていた。思ってはいても、実情はそう簡単にいきません。領地の百姓らと、上手く折り合うことができなかったのです」

「百姓らも大人しそうで、存外、頑固ですからな」

「一年どころか、二年目の今年の春の作づけすらできなかったのです。今のままでは、来年の作づけも覚《おぼ》つかず、斑目どのの失態と申さざるを得ません。不手際である、と殿は厳しく責められました。とは言え、名門の斑目家の、しかも上さまのお口利きにより召し抱えた新左衛門を、このまま不首尾に終わらせるわけにはいかず、来年の作づけには間に合わせよと、奉行職は解かれませんでした」

「吉保さまも、浅野の一件が一昨年にあって、去年の十二月に赤穂侍の吉良邸討ち入り、この春、赤穂侍らの切腹でようやく落着し、何かとお忙しかったのでしょうな。履歴のない斑目に任せきりにしたのが拙《まず》かった、と思われたのでは……」

「いかにも、そのとおりです。気づかなかったのか、とわたしもお叱りを受けました。ですが、わたしといたしましても、あれほど自信にあふれた斑目どのが、あれほどできぬ男だとは、思わなかったのです」

坊野と数之助が目を交わし、ぷぷ、と噴き出した。

国包は、少しもどかしさを覚え始めていた。なぜこの話をだらだらと続ける。要するに何があったのだ。そう思っていた。すると、坊野は国包へ目を向け、

「一戸前どの、わたしが何を話そうとしているのか、ご不審でしょうな」

と、確かめるように言った。

「不審ではありません。われら刀鍛冶は、数打物で暮らしをたてております。数打物で暮らしていかねばならない刀鍛冶は、一本のよい刀をつくる暇がありません。新田開発も無理に推し進めれば、よい米を作ろうと思う百姓にも無理がかかるのだろうなと、つい、わが身におき換えて思ったのです」

国包がこたえると、数之助が冷笑を寄こした。

「よい刀一本では戦にならぬ。十本の数打物があれば、戦ができる。つまりよい刀一本は、戦場では十本の数打物ほどの役にもたたぬということだ。ひとりが食えればいいのではない。どんなに無理でも、十人を食えるようにするためにお上の政《まつりごと》はある。そうではないか、国包」

政の旗印はいつもそうだが、旗印と実情は違う、と思いつつ、国包は「はい」とこたえた。

「斑目新左衛門どのに、右近《うこん》という倅がおります。歳は二十歳。斑目どのは、この春から、右近を新田開発の奉行職の下役として、川越へともなっていかれたのです。ところが右近は、斑目どのが上さまの小姓衆であったころに妻を娶りできた子で、暮らしに困らない旗本の子弟として、自由気ままに育ち、よく言えば細かいことにはこだわらぬ、見方を変えれば自分本位な気性だったようです」

「右近の日ごろの素行に、旗本の子弟らしからぬ不埒なふる舞いが、見られたのですかな。例えば、盛り場でよからぬ仲間らと遊び廻っていたとか……」

　数之助が言った。

「それはわかりません。ただ、川越で一件のあらましの訊きとりをいたしましたところ、斑目どのが二月の半ばに右近を川越の住まいにともなっていかれ、四月の半ばに一件を起こすまでのわずか二月《ふたつき》の間、右近は、新田開発が遅々として進まぬことに百姓らへ苛《いら》だちを募らせていたようです。愚鈍な百姓どもが、殿さまのご意向に逆らい許せん、と役人らへ怒りをぶちまけております」

「苛だちを募らせていたというのは、父親のお役目の下役を果たす心づもりは、右近にも十分あったゆえ、と言えなくもありませんな」

「それも、わたしにはなんとも。言えることは、右近は川越城下の暮らしが性に合わなかったのでしょう。七万二千石余の城下ではありましても、江戸に比べれば川越は小さな城下町です。こんな肥溜《こえだ》め臭い田舎町で暮らすのはご免だと、右近はこれも、はばかることなく周囲にもらしていたと聞けました。早く役目を終わらせて江戸に帰りたいがため、いたずらに百姓らを急《せ》きたて、それが空廻りすることに業を煮やし、自分を抑えられなくなったのだと思われます」

「何があったのですか？」

と、国包は坊野にようやく訊いた。

「四月半ば、開発の進捗《しんちょく》を促す話し合いのため、斑目どのの命令で、右近が領内の村役人らへ使者に出されたのです。赴いた中赤坂《なかあかさか》村で、村人と口論になりました。その挙句、激昂《げっこう》した右近が村役人と村人ら三人を斬り伏せてしまったのです。とんでもない事を仕出かしてくれたものです。右近は逃げ帰ったが、それで済むわけがありません。村名主を始め村役人や村人らが川越城下へ押しかけ、右近の厳重なる処罰を求めて奉行所に訴え出た。お城は大騒ぎになりました」

「右近どのは捕えられ、裁きを受けたのですね」

「ふむ。江戸に戻り、謹慎の身になったのでござる」

「江戸に戻り謹慎の身、ですか。なるほど。では、村人らの疵は浅く、命は助かったのですね」

「三人とも、ほぼその場で絶命いたしました。聞いたところによりますと、凄惨《せいさん》な斬殺《ざんさつ》だったそうです。怒り狂った右近は、逃げる百姓らを追いかけ、容赦なく斬りつけたと。逃げ遅れた者と止めに入った村役人が斬られたようです」

「しかし、それでは……」

国包は、言いかけた言葉がつまった。

数之助が手を鳴らし、用をうかがいにきた若党に、新しい酒を言いつけた。

若党が新しい提子を運びすぐに退ると、坊野は続けた。

「斑目どのは、右近から事情を聞き、その日のうちに、右近を江戸へ連れ帰りました。そして、柳沢家の江戸屋敷ではなく、表番町《おもてばん》にある実家の斑目家の屋敷に入って右近を蟄居《ちっきょ》謹慎させました。柳沢家のご重役方へは、このような事態にいたった不届きを報告し、自らも倅右近とともに謹慎し、わが殿のご裁断を仰ぐ趣旨の上申書を提出なされたのです」

「斑目家の実家で謹慎して上申書とは、妙ですね。川越の村の者らは、訴えを起こしたあと、どうしたのですか」

「川越の奉行所は、一旦《いったん》は百姓らの訴えをとりあげ、斑目親子がすでに江戸へ逃げ帰っているので、奉行所の役人を江戸へ差し向けました。江戸屋敷のご重役方に、斯《か》く斯《か》く云々《しかじか》によって、即刻、斑目右近を川越へ引き連れ裁きを受けさせたいという申し入れがありました。当然の申し入れですがな。しかし……」

坊野は腕組みをし、指先で顎をなでた。数之助へ目を向けると、淡い湯気のたつ杯を黙って舐《な》めている。坊野は、ふっ、とひと息吐いてから言った。

「殿の直々《じきじき》の、お指図だったのです。申し入れの筋は相わかったので、奉行所の役人は川越城下に戻るように。右近のお沙汰については江戸屋敷にて適宜くだし、追って川越奉行所に知らせを差し遣わす。領内百姓らは江戸よりの知らせを待つように、また不穏なふる舞いにおよばぬように厳重に申しわたすべし、とです」

「ご領主の吉保さまならばこその、当然のお指図と言えましょうな。ご領主が遣わされた奉行の下役が、仕事熱心のあまり、つい、かっとなって村人を斬ってしまった。あってはならないことでも、あくまで仕事上の諍《いさか》い。野盗や強盗の類《たぐい》の仕業ではないのだから、江戸で裁くのが筋だ」

数之助が、皮肉な口調で言った。

「一件の調べを、わたしが申しつかった次第です。調べと言いましても、事は明らかですから、川越城下の奉行所と一件の起こった中赤坂村へいって確認をする、それだけのことでした。調べは三日ほどで終わりましたが、わたしは十日ほど川越城下に留《とど》まっておりました。右近の切腹はまぬがれぬところ、と思っておりましたので、あまり早く江戸へ戻るのをはばかったのです」

「百姓らも、そうなると思っておったのでしょうがな……」

と、数之助は皮肉な口調のまま、国包へ一瞥《いちべつ》を投げた。

「江戸に戻り、殿とご重役方の前でご報告いたしますと、殿は右近の沙汰はその方らに任せる、とわたしとご重役方に申しつけられました。それといまひとつ、言われたのです。斑目新左衛門は、わが側近を長年務めた家臣である。万が一、倅を失うことになれば、新左衛門は悲しむであろう。大事な家臣を、あまり悲しませたくはない。斑目右近の沙汰は、殿のこのお言葉で決まりました。すなわち……」

坊野が国包へ向きなおった。

「このたびの一件は、斑目右近と百姓の間に意思の疎通を欠いたことにより起こった災難であり、双方が災難に巻きこまれた不運な結果である。よって、斑目右近は斑目家屋敷内に蟄居謹慎一年、父親斑目新左衛門は倅右近の不始末を防げなかった手落ちにより、同じく斑目家において謹慎六ヵ月を申しつける。また、一件で落命した当該百姓らの遺族には、村役人に十五両、百姓に十両の見舞金を差し遣わす、というお沙汰に落着いたしました。ご重役方が、殿のご意向によって、そのように決められたのです。わたしはそのお沙汰に異論を申したてましたが、わたしひとりでは、どうにもならなかった。殿がそうお望みなのですから」

「実家の斑目での蟄居謹慎？　それは理不尽なお沙汰ですね。そのお沙汰では、村人が納得いたすとは思えませんが。村人たちは、どうしたのですか」

「お沙汰が川越へ届いたのが、五月の半ば。今は十月。この間に表だっては、百姓らの間に変わった動きは見えません。表だっては、穏やかに推移しております。むろん、新田開発はとん挫《ざ》しておりますが」

「表だっては？　そのお沙汰で、村人は納得いたしましたか」

「納得するわけがなかろう。だから、おまえを呼んだのだ」

数之助が、意味ありげに言った。

「よくわかりませんが」

「坊野どの、国包にはわたしが話します。よろしいですな」

「お願いいたします」

坊野が頭《こうべ》を垂れた。

六

百姓らの動きは、確かに、表だっては平穏に見えた。しかし事件のあった中赤坂村の名主、村役人、村人たちは、五月に柳沢家のお沙汰がくだされて以来、ひそかに談合を重ねていた。

これが領主・柳沢家の領民への仕打ちか。領民の命を獣同然に斬り捨て、それが災難だと。不運な結果だと。村人を馬鹿にするにもほどがある。

村人たちの怒りは、収まらなかった。

村名主と村役人らは、川越城下の奉行所には知られぬように、近在の村々にも加勢を求めた。近在の村々の村名主連名で嘆願書を作り、斑目右近の厳重なる処罰を今一度、奉行所に訴え出るか、ご領主の柳沢吉保さまに公正なお裁きを直訴するか、と話し合いが行われた。

だが、奉行所に訴え出ても、奉行は江戸の柳沢家から差し遣わされ江戸の意向を伝えるだけの立場ゆえ、埒が明かぬことはすでに明らかである。

また、ご領主柳沢吉保さまは、このたびの理不尽なお沙汰を望んでおられ、吉保さまのご意向に沿って重役方はこの決定をくだした。ご領主に直訴しても、覆されることはあるまい。

それでは手ぬるい、という意見が話し合いの中で出た。

ならばどうする。ならば、いっそこの一件を御公儀に訴え出て、しかるべきお裁きをくだしていただこうではないか、ということになった。

しかし、御公儀に訴えて、お沙汰が覆らなかったらどうする。

柳沢吉保さまは、将軍綱吉さまのご側近中のご側近。吉保さまが綱吉さまに申し入れれば、御公儀であっても厳正な処罰がくだされるとは限らぬ。そのときはどうする。

「そのときは、おらが親父さまの仇討ちにいく。親類縁者と一緒に江戸へいって、斑目右近を討ちとって見せるでな」

と、右近に父親を斬られた倅のひとりが言った。

すると、同じく右近に斬られた二人の倅や縁者らが、おらもいく、おらたちも……と相次いで名乗りをあげた。

去年、赤穂侍が吉良邸を夜襲し、吉良さまを討ち、殿さまの仇討ちを果たした。四十七士は武士の鑑と、みな褒めたたえた。百姓だとて、武士と同じ人だ。親を虫けらのように殺され、そんな非道を許すわけにはいかないと、村人らの話し合いの場は、騒然となった。

「人には守るべき五倫の道がある。君と臣、親と子、夫と妻、長と幼、友と友。親の仇を倅らが討つのは、赤穂侍と同じ名分だ」

と、長老のひとりが言って、村人らの談合は一決した。

まずは御公儀に訴え、それがとおらなければ仇討ちもやむなし、というくわだてが、川越の奉行所にも江戸のご領主さまにも決して知られぬように、とひそかに進められていった。

だが、そのくわだての噂が流れ出した。そして、村廻りの地方《じかた》の役人の耳に入った。噂を証拠づける表だった動きはなかった。だが、役人は奉行所に届けた。

奉行は即刻、江戸屋敷にそれを伝えた。江戸屋敷の重役方は噂の報告に驚いたもののの、証拠もない噂を殿にお知らせしたものか、と迷った挙句、その前に目付頭の坊野享四郎を川越に遣わし、実情を調べさせた。

坊野は、中赤坂村の村名主を訪ね、村役人、斬られた村人の倅らを呼び出し、単刀直入に、「このような噂がある」と実情を訊ねた。

「領民は国の宝である。領民のつつがなき暮らしを、わが殿は心から望んでおられる。斑目右近のお沙汰に不満があるなら、言ってもらいたい。その方らの意向を殿にご報告いたし、理非をつまびらかにし、善処するつもりである。ともかく、軽はずみな行動は慎んでもらいたい。お互いのためにならない」

と、頭を低くして言った。すると、村名主はこたえた。

「この期におよんで、未だに理非をつまびらかにしておられないのは殿さまではございませんか。軽はずみなお沙汰をくだされたのは、殿さまではございませんか。お互いのためにならないとは、笑止。お沙汰はわたしどものためには、何もなっておりません。お聞きおよびの噂は、実事でございます。くわだてを表沙汰にせぬように図っておりましたが、噂が流れる事態も、いたし方ないと思っておりました。いやむしろ、噂が流れることにより、このたびの理不尽が世間に知れわたるのは、わたしどものくわだてには都合がよいと思っております」

噂は、村人がそれを意図して流したものらしかった。

事が世間の噂にのぼり、御公儀にとり沙汰される事態になれば、上さまご侍従の殿のお立場を拙くするのは明らかだった。

ましてや、赤穂侍の吉良邸討ち入りがあって一年もたっていないこの時期に、殿のご領地の百姓がそのような仇討ち騒ぎを起こしたとなると、お立場を拙くするどころでは済まなくなるかもしれない。

すなわち、柳沢家が……と、坊野はそれを恐れた。

そこで坊野は、「殿のお許しを得ておりませんが」と、ある案を思いついた。

「ではもし、万が一、斑目右近が蟄居謹慎中に命を落としたなら、病かあるいはなんらかの災難に遭って命を落としたなら、その方らの御公儀への訴えや仇討ちは、どうなるのか」

名主ら村人らは、坊野の言葉に不審を示し、何もかえさなかった。

「ご不審か？　言っておるのは、斑目右近にくだされたお沙汰は覆らぬが、どのような形であれ、しかるべく罪の報い、もしかすると神罰を右近が受けたなら、その方らはいかがいたすか、ということだ」

村人らは啞然として、坊野を見つめた。

二灯の行灯の明かりが三人を包み、喉を鳴らして酒を吞み、料理を咀嚼し、汁をすすり、箸が鉢や皿に触れる音が続いていた。屋敷内からは物音ひとつ聞こえてこず、夜は静かに更けていた。沈黙の間をおき、

「で、伯父上、わたしに何をせよと、仰るのですか」

と、国包は言った。数之助は皺にくるまれた顔の中から、ぎょろりとした目だけ

を国包に寄こし、すぐに杯へ目を落としてこたえた。

「だから、神罰をだよ」

早い話が、上さまご侍従の柳沢吉保の立場が拙くならぬよう、斑目右近を柳沢家からひそかにとり除けということか。

その役目が、なぜわたしなのだ、と国包は思った。

「しかしそれは、柳沢家ご家中の方がなさるべき務めです。柳沢家にかかわりのない者が、手を出す事柄ではないと思いますが」

「いや。おまえにやってもらいたいのだ。正直を申すとな、わが友成家は柳沢吉保さまには、だいぶ恩義がある。これまで、その恩義に報いる機会がなかったことが心苦しかった。柳沢さまが、あまりにとんとん拍子の出世だったためにな。お側衆のわが倅の正之が、孫に友成家の家督を譲って隠居をするときもそう遠くはない。わが友成家一族が、こののちもお側衆にお仕えできるようにするためにも、柳沢さまのお力添えがあればじつに頼もしいというものだ。だからこの相談を受けたとき、よき者がおります、とわたしから申しあげた」

「柳沢吉保さまもご承知なのですか」

「むろんだ。そうでなければ、このような事は、頼めぬわ」

数之助は、皺だらけの不敵な笑みを見せた。

「柳沢さまがそこまでご決断なされているのであれば、ひそかに斑目右近へ切腹を命ずればよろしいはずです。この一件は、右近自らが招いたこと。主君が罪を犯した家臣に切腹を命ずるのです。始めからそうしておくべきでした」

「そうもいかぬのです」

と、坊野が再び言った。

「斑目新左衛門どのが、それを許さぬのです。斑目家は小姓組番頭の家柄。武門の誉れ高く、自らも上さまの小姓衆として仕え、上さまのお声がかりでわが殿の家臣となり、殿の側近としての矜持の塊のような男です。その側近の倅が、ささいな粗相を犯して切腹など、あってはならぬことなのです。自らも謹慎し、殿のご裁断を仰ぐと上申書を出しながら、そのご裁断は、上さまもご承知か、と言いかねぬ男なのです。斑目どのの心底は、わが殿の家臣というより、上さまより柳沢家に仕えるよう差し遣わされた者、というところにあるのです」

ふむ、と数之助が頷いた。

「先ほど、友成さまが申されたように、斑目新左衛門どのは、槍の新左衛門と評判になるほどの、種田流の槍の名手でござる。殿の使者が斑目家に右近切腹のご沙汰を伝えにいっても、槍でひと突きにされるかもしれません。斑目家は、新左衛門どのの後ろ盾に間違いなくなるでござろう。わが殿は、上さまの信任の厚い三河よりの家柄の斑目家と、事をかまえる事態は望んでおられません」

「よって、神罰をくだすしかないわけだ。家中の者にすら、知られぬようにだぞ。知っているのはこの三人のほかに、柳沢吉保さまだけだ」

「友成さまに一戸前国包どの、刀鍛冶武蔵国包どののお人柄と武芸の腕前をうかがい、失礼ながら、調べさせていただきました。神田明神下の神陰流道場大泉寿五郎《おおいずみじゅごろう》門下において、天稟《てんぴん》の素質と言われ、敵《かな》う者はいなかったそうですな。お亡くなりになりましたが、大泉寿五郎先生ですら。いずれは藤枝家の武芸指南のお役に就かれると言われておりましたのに、十八のとき、なぜか武芸の道を捨て、刀鍛冶の修業を始められた。惜しいことだと、常人は言うでしょうが、天稟の素質とは、常人には計り知れぬものでござる」

「要するに、神の手を煩わさずに神罰をくだすのだ。どうだ、国包。友成家のために、働いてくれるな。友成家のためだけではないぞ。柳沢家のためであり、川越領の気の毒な百姓らのためでもある」

と、伯父数之助は余裕の笑みを浮かべている。

一刻《とき》後、国包と十蔵は、山下御門を抜けて、お濠端を数寄屋橋方面へ戻った。

数寄屋橋をすぎて弓町の北横町へ曲がる手前の堤端で、屋台を出している風鈴蕎《そ》麦《ば》のかけ蕎麦と酒を頼んだ。

二人は数寄屋河岸の歩み板に腰かけ、御曲輪の黒い影が対岸を覆う暗いお濠に向かって、熱い蕎麦をすすり、碗《わん》の温《ぬる》い酒に身体を暖めた。

冷たい夜風が、国包の火照った頰をなでていた。夜風は、屋台の風鈴を、ちりり、ちりり、とどき折り鳴らし、堤の葉を落とした柳をなびかせている。

国包は、永田町からの戻り道で、十蔵にはあらましを語っていた。

六十をすぎた十蔵にも、ともに働いてもらわねばならぬ。おまえは歳だからもうよいと言っても、十蔵は聞かぬだろう。力つきるまで働き、そして倒れることを望んでいる。戦場の中に生まれるべき男だ。

十蔵とならできるような気が、国包にはした。

「……種田流の、槍の新左衛門ですか。強そうなお侍ですな」

十蔵は言った。屋台に灯した行灯の火が、蕎麦の湯気がまとわりつく十蔵の横顔を、ぼんやりと照らしている。

「ふむ、強そうだ。間違いなく強いだろう」

国包は、十蔵の横顔にこたえた。

「では、斑目右近に神罰をくだすということは、槍の新左衛門と、戦うことになるかもしれぬのですな」

「父親の新左衛門は、間違いなく倅を守って槍を揮《ふる》うであろうな。そうでなければ、右近を実家に連れ戻して庇《かば》ったりはしなかっただろう。ひと廉《かど》の侍の、やることとは思えぬ。それとも、まだ知らない理由がほかにあるのか」

国包は、十蔵に言いつつ自問した。

「旦那さまが斑目新左衛門に勝てなかったら、どうなりますか」

「倒れるさ。たぶん、十蔵も一緒だ」

「あは。ならばそののちは、冥土《めいど》でお雇いいただくことになるのですな」

「まあ、そうだ」

二人はひそひそとした笑い声を、暗いお濠へ投げた。

「あぶないご用です。わたしのような老いぼれにも、虫が背中を這《は》うみたいにむずむずと感じられます。友成のご隠居さまは、何ゆえ、このようなご用を申し入れられたのですか。何ゆえ、旦那さまなのですか」

「おれもそれは考えた。なぜおれなのだとな」

「なぜでござるか」

「伯父には、人は何者か、ではなく、友成一門とは何者か、なのだ。友成一門をおのれの血と肉として生き、友成一門が永遠に続く。その一門のために、一門の者が生き死にをゆだねることなど、当然のふる舞いではないかと、信じて疑っておらぬ人なのさ。このご用をわたしが果たせず命を落としたとしても、伯父はきっと満足だろう。友成一門のために働き、落命した一門の端くれがいる。役目は果たせずとも、せめて、一門の面目は施しましたとな」

「旦那さまは、友成一門の端くれなのでござるか」

「そうだ。柳沢家への恩義を、これで少しはかえせる。一門の端くれに、一門のための働き場を与えてやるのだから、身を賭《と》して働けと思っている」

「なぜ、お断りにならられませんでした。引き受けかねます、と言えたはずです」

「うん、言えた。だが、上手くは言えぬが……」

国包は沈黙した。蕎麦をすすり、温い酒を呑んだ。酒の碗を傍らにおいて考え、やがて言った。

「刀鍛冶の修業を始めたとき、おれは自分の在《あ》る事がひどく理不尽に感じられてならなかった。藤枝国広の次男として生まれ、部屋住みとして生き、侍として剣の修行をし、強くなって……それが定めだと思っていた。その定めが理不尽に思えた。おれがここにいる、という意味がわからなかった。刀鍛冶の修業こそと思ったのではない。ほかになかった。それが剣の修行でないことだけが、確かだった」

「旦那さまほどの、剣の腕を持ちながら……」

「おれが幼いころ、祖父さまが言った。家宝はおのれの腹の内にあるとな。刀鍛冶の修業を始めたとき、おれは何かを作り出したかった。何かを作り生み出せば、自分の在る事に意味が見出《みいだ》せるのではないかと考えた。おれは一戸前国包となって、刀鍛冶になった。だが、今もまだ、修業の身だ。あがいている」

「ならば今も、ご自分の在る事に、理不尽を感じておられるのですか」

「感じている」

そのとき、お濠の暗がりの奥に、提灯の明かりが見えた。

明かりはだんだん大きくなり、板をたてかけ掩蓋《えんがい》を組んだ一艘《そう》の茶船が、国包と十蔵のいる河岸場へ音もなく現れた。筵莫蓙《むしろござ》を身体にまとった女が、茶船の舳《へさき》に提灯をかざして佇んでいた。

天神髷の下の白粉顔と唇の紅色が、作り物のように見えた。

手拭《てぬぐい》を頰かむりにした男が、艫《とも》で棹《さお》をついていた。

「ええ、おまん、おまんでござい……」

男は棹を突きながら、暗いお濠に声を響かせた。

「旦那、おいでなさんせ」

舳の女が、提灯を顔の高さにかざした。赤い紅の間に白い歯が光った。

「二十四文でやす。おまんはいかがで」

艫の男が言った。

国包と十蔵は相手にしなかった。船饅頭《ふなまんじゅう》は諦《あきら》めて、河岸場をゆっくり通りすぎ、闇の彼方へまぎれていった。

船饅頭を見送ってから、国包は言った。

「斑目新左衛門と右近親子は、理不尽なことをすると思った。ふとな、侍とは理不尽なものだと、思ったのだ。斑目新左衛門と右近親子だけでない。柳沢家も友成家も、侍とは理不尽だ、とな。刀鍛冶の職人でありながら、侍を捨てきれぬおれが言うのは筋違いとはわかっているが、理不尽な、と思ったとき、伯父の申し入れを受けようと決めていた。それ以外に、理由はない。理由は定かではなくとも、性根は定まっておる。この仕事、やる」

国包は茶碗酒をあおり、喉を鳴らした。

「よろしゅうございますとも。思うようになされませ。わたしは、旦那さまのお供をするのみでござるゆえ。むろん、わが倅清順もお供いたします」

「清順も連れていくのか。まだ十五歳だぞ」

「見習をさせるには、遅いぐらいでござる。大した働きはできませんでしょうが、足手まといにはなりますまい」

「清順はよき若衆だ。あの男は役にたつ。それから……」

国包は物憂げに、言葉をきった。

「千野さまは、どうなされますか」

十蔵が、国包の気がかりを察して言った。

「だめだと言っても、千野は聞かぬだろう。あれは、人並みな女子らしい生き方を望んでおらぬ。死生命有り。千野がそうするというなら、そうさせるさ。男だろうと女だろうと、生きることに違いはない。そのように生きよと、育てたのはおれだ」

「おかみさんが、気をもまれましょうな」

「それは言うな」

ちり、ちりり、と風鈴を鳴らした夜風が、国包と十蔵に戯れかかり、河岸場に小さな旋風《つむじかぜ》を巻いてから、お濠の暗い水面《みなも》にさざ波をたてた。

第二章　槍ひと筋

一

斑目新左衛門は、温かな布団の中で、肩幅の広い厚い胸板の上体を起こした。有明行灯《ありあけあんどん》のほの明かりがくるんだ寝間は、真夜中の寒気に凍えていた。このごろ肩が冷えて、夜明け前に目覚めることが多くなった。

新左衛門は、鍛えあげた肩に手を触れ、指先でもみほぐした。

妻は隣の布団で、気づかずにのどかな寝息をたてている。

邸内は、深い静寂の底に沈んでいた。もみほぐす手を止め、静寂の音を聞きとろうとするかのように、邸内の気配に気を張り廻《めぐ》らした。

布団から出て、刀架の大刀だけを腰に帯びた。

壁に架けた長槍《ながやり》に、ちら、と目を投げた。だがすぐに、それほどのこともあるまいと思いなおした。

有明行灯の明かりを頼りに、寝間を出た。

中の口から庭に出て、表門のある前庭へ廻《まわ》った。前庭と中庭の境の、灌木《かんぼく》の垣根の向こうに表門が見えている。表門の戸のそばで、門番の提げた提灯《ちょうちん》の明かりが右近の顔を照らしていた。右近は門番と、ひそひそと遣《や》りとりしている。

星空のほかは、冷たい闇が屋敷を覆っていた。

右近は表情をゆるめて話しかけ、門番が頷《うなず》いていた。右近の髪が、少し乱れている。表情をゆるめているとは言え、顔つきに締まりがなかった。この夜更けに戻ってきて、門番に小門を開けてもらったところと思われた。

新左衛門は、苛《いら》だちを覚えた。ち、と舌を鳴らした。

表門と玄関の間の敷石を踏み、右近と門番へ近づいていった。右近と門番が新左衛門に気づき、「あっ」と右近が小声をもらした。ゆるんだ顔つきを、一瞬、しかめたのがわかった。

数歩手前で歩みを止め、右近へ有明行灯をかざした。

門番が、「では、わたしは……」と、新左衛門に一礼を寄こし、片門番所へこっそりと戻った。

門番の提げていた提灯がなくなると、有明行灯のか細い明かりだけではあたりは闇に包まれたも同然だった。右近の表情は見分けられなかったが、表門の石畳に草履を摺《す》り、決まり悪げに佇《たたず》んでいた。

どうせまたお小言でしょう、とふて腐れている仕種《しぐさ》に思われた。

ふて腐れた仕種が、よけい腹だたしかった。

「今、戻ったのか」

腹だたしさを抑えて、新左衛門は静かに言った。

「はぁ」

と、ふてぶてしく、だらしなくこたえた。

「おまえは、蟄居《ちっきょ》謹慎の身なのだぞ。それが、どこで何をしていた」

右近は顔をそむけ、黙っていた。

「どこへいっていた」

それでも、口を閉ざしている。

「こたえろっ」

静かな口調に怒気をこめた。

「もう、は、半年近くも、屋敷に閉じこめられているんです。むしゃくしゃして、耐えられませんよ。少しは、い、息抜きぐらい、いいではありませんか」

「何を言っておる。おまえはお家の咎《とが》めを、ないがしろにする気か。咎めを破ったふる舞いをお家に知られたら、もはや切腹しかないのだぞ。切腹を申しつけられたいのか。むしゃくしゃして、腹をきりたいのか。どこへいっていた」

「四谷《よつや》の、水茶屋に……」

ぼそと、右近はこたえた。

「こんな真夜中まで、ひとりでか」

「鍋島《なべしま》の勘《かん》右衛《え》門《もん》と、島崎景之《しまざきかげの》助《すけ》が一緒です」

「なんということだ。それでは蟄居謹慎の咎めを破っていると、言い触らしておるのも同然ではないか。おまえの愚かなふる舞いが、わたしのみならず、世話になっている本家にも咎めがおよびかねんのだぞ。そんな事もわからぬのか」

「だ、大丈夫ですよ。勘右衛門も景之助も、誰にももらさぬので心配するなと言っていますし、水茶屋でも身分を明かしていませんし、三人で戻ってきましたから、辻番《つじばん》で咎められてもおりません」

「そういうことではなかろう。それが侍のすることかと、言っておるのだ」

「わかりました。以後、気をつけます。それでよいのでしょう。一度言えばわかりますよ。子供じゃないんですから」

右近は新左衛門のわきをすり抜け、中の口のほうへいきかけた。

「戯《たわ》けっ」

腹だたしさを抑えて言ったが、手が出た。右近の背丈は、大柄な新左衛門より高いくらいだった。ただ、体軀《たいく》の分厚さと鍛え方がまるで違った。

新左衛門の拳《こぶし》が、右近の横顔をえぐった。「あ痛《つ》うっ」とうめき、右近の瘦軀《そうく》は灌木の枝をめきめきと折ってひっくりかえった。

「な、何をするんですか。父上とて、ゆ、許しませんよ」

「許しませんだと。これしきの拳で、尻餅《しりもち》をつきおって、不甲斐《ふがい》なし。自分を見失うほど酔っ払っておらぬなら、かかってまいれ。父が相手をしてやる。刀も持たぬ百姓を斬るだけではない侍らしき性根を、見せてみよ」

新左衛門が石畳に草履を鳴らし、右近へ踏みこんだ。

「何を、するのです。倅《せがれ》のわたしを、きき、斬る気ですか」

右近は怯《おび》え、尻餅の格好のまま、新左衛門から逃れた。腰の二刀がはずれそうになった。右近の背中で、灌木の枝が音をたてた。無様に怯えた格好が、また情けない。ため息が出た。

新左衛門は、有明行灯を右近の鼻先にまで突きつけ、怯えた顔を照らした。

「阿呆《あほう》、ここでおまえを斬るくらいなら、もっと前に斬っておる。おまえは、下々の上にたつ侍なのだぞ。身を慎め。少しは、侍らしくせよ」

「うう……」

右近は、しかめた顔をそむけている。

「もういけ。寝ろ」

有明行灯を離すと、右近は慌てて起き上がり、中庭の暗がりへ走り去った。

ちっ、育て方を間違えたか、と新左衛門は、右近の消えた暗がりを見つめ、情けないと思った。門番所の門番が、恐る恐る顔をのぞかせた。


斑目家の表番町の屋敷には、道場があった。

番方の武門誉れ高き家柄である。一族の男も女もすべて、幼いころから武芸をおのれの性根のごとくに身に備えた。

三河以来徳川家に仕え、代々小姓組番頭の家柄として続く斑目家の中で、新左衛門は、かつてこれほどの者が斑目家にいただろうかと、父母や祖父母、親類縁者に言わしめるほどの手足《てだ》れだった。

槍の新左衛門、と言われたのは、同じ番町の種田流槍術《そうじゅつ》の道場で、槍を極めてからである。そのころ新左衛門は、まだ二十歳にもなっていなかった。上さまの小姓役となって、その槍術ゆえに上さまにも可愛がられた。

上さまのお声がかりで、柳沢吉保さまの家臣となるとき、「新左衛門、そなたは槍で見事一家をなせ」と、直々のお言葉さえいただいた。

朝六ツに朝食を終えてから、新左衛門は邸内道場で、長槍を揮《ふる》っていた。

真冬の寒気ではないものの、寒さはだいぶ厳しくなっていた。しかし、新左衛門の稽古《けいこ》着《ぎ》は、したたる汗にじっとりと濡《ぬ》れていた。

新左衛門の槍は、戦国末期までは《道具》と称された特に誂《あつら》えた得物である。柄は竹を数本束ね、麻苧《あさお》で巻き、黒漆をかけてある。しなやかに撓《たわ》み、強靭《きょうじん》にして折れず、しかも軽く、実戦に向いていた。

丈三間の素槍を、石突きを片手につかんで頭上に旋回させる。

ぶうん、ぶうん、と槍は旋風を巻くようなうなりをあげる。

「りゃあ」

突然、新左衛門は、うなる槍を雄叫《おたけ》びとともに打ち落とした。

大きく踏みこんで、叩《たた》き、突く。さらに一歩を踏み出し、片手突きに突く。

引くや否や、再び頭上を旋回させ、突然、雄叫びを発して叩き落とし、突き、片手突き、素早く引いて槍はうなりをあげ……

それをひたすら繰りかえした。

空を貫き通す槍のうなりとともに、したたる汗が飛沫《しぶき》のように飛び散り、新左衛門の凄《すさ》まじい雄叫びは、古い道場の神棚と柱と板壁を震わせた。

新左衛門の熱気が、ぎりぎりまで高まったところで、空を貫いた槍を素早く戻した。肩に柄をかつぎ、一歩を退いて、そこでようやく、一旦《いったん》動きを止めた。

新左衛門は、身体に怠《だる》さを覚えた。自分の身体が、思うように動かなかった。周りには気づかれぬようにふる舞っているが、それがもどかしかった。

ゆるやかな深い呼吸で、胸の動悸《どうき》を鎮めた。

寒気の中に、新左衛門の全身より湯気がたちのぼっている。

槍をわきに持ち替え、何も考えずに佇んだ。少しずつ、気が晴れていく。

道場の無双窓から、午前の日が射していた。まるで、光が道場で戯れているかのようである。憂さを忘れ、その束の間の無に浸《ひた》った。

実家の斑目家での謹慎、という奇妙な咎めを、万が一の不測の事態を考慮し、新左衛門は強引に押しとおした。

万が一の不測の事態とは、新左衛門ならそうする事態である。自分のような者たちから、倅の身を護《まも》らねばならぬ。必ず護ってみせる、その一心だった。

柳沢家の重役方は、それでは咎めになりません、と異議を唱えた。しかし、殿がそれでよいと許された。

柳沢家の家臣の身で、それを強引に押しとおせるところが、三河よりの旗本斑目家の力が、後ろ盾にあればこそだった。

しかし、右近のあの勝手なふる舞いを見逃していては、今にこのままでは済まなくなる、という懸念が新左衛門の脳裡をよぎった。

稽古のあとの束の間の安らぎが破れ、昨夜の腹だたしさが甦《よみがえ》った。そのとき、

「斑目どの、精が出ますな」

と、いきなり背後より声がかかった。

ふりかえると、下地了右衛門《しもぢりようえもん》が道場の外の廊下に佇み、新左衛門を見つめていた。いつの間にきていたのか、気づかなかった。不覚な。ひと太刀を、背中に浴びたような気がした。額の汗を稽古着の袖《そで》でぬぐい、

「これは、下地どの」

と一礼した。

「稽古の邪魔をしてはと思い、声をかけられませんでした。これが評判の、斑目家の道場でござるか。さすが、御公儀番方の質実剛健を旨とする重厚さが感じられます。一門の方々は、この道場で鍛錬をなされるのですな」

下地は天井や周囲の壁を見廻しながら、廊下から道場へ、歩みを進めた。裃《かみしも》の半袴《ばかま》の裾《すそ》からのぞく足袋《たび》の白さが、黒ずんだ板敷にひときわ目だった。

下地了右衛門は、柳沢家の重役方のひとりである。柳沢家の家臣の中で、新左衛門と、とりたてて親しい間柄ではなかった。ただ、四月に右近が起こした一件と、そのあとに新左衛門のとった行動に、下地ひとりが理解を示した。

新左衛門より六歳ほど若い、まだ四十前の男である。

下地は二間ほどをおいて歩みを止め、なおも周りを見廻している。

「三河より、ひたすら番方としてお上にお仕えしてきた武骨な家柄です。これしかとり柄がありません。評判などと……」

新左衛門は、下地から目を離さず言った。下地は薄笑いを浮かべ、いえいえ、と首を左右にふった。

「気魄《きはく》の漲《みなぎ》る、斑目どのらしいお姿を、拝見いたしました」

「気づきもいたさず、迂闊《うかつ》でした。お許しください。殿より謹慎を申しつけられたこれを機に、初心に帰って心身ともに今一度鍛えなおし、また新たにご奉公いたさねばと、思っております」

「それは殊勝なお心がけ。殿のお側近くに斑目どののお姿が見えないのは、物足りぬ気がいたします」

「殿にお仕えする家臣でありながら、ご奉公ができぬ不肖のわが身を、心苦しく思っております」

「ときがたてばいずれ、あるべき場所にあるべきものは納まるはずです。殿もお気にかけておられますぞ。新左衛門が戻ってくるのは、いつであったかと。年が明ければ、戻ってこられます、とおこたえしております」

「そのように、お気にかけていただき、畏《おそ》れ多いことです」

新左衛門は、下地から目を離して伏せた。

「ところで、本日は、お伝えすることがあって、お訪ねいたしました。斑目どの、よろしゅうござるか」

「はい。では、座敷のほうへ……」

案内しようとすると、下地は手をかざして制した。

「とり次の方に、道場におられるならそちらで、とわたしが申したのです。内々の話です。主屋《おもや》よりこちらのほうが、好都合です。ここなら、われら以外に人はおりませんし、供の者が入り口で見張っております」

「内々の、殿のご命令ですか」

「斑目どの、まずはお坐《すわ》りください」

不審な表情を浮かべた新左衛門に、下地は冷めた口調で指示した。

二間の間をおき、二人は対座した。下地は腰から刀をはずし、道場の板敷に重々しい音をたてた。新左衛門は、槍身に黒塗りの鞘《さや》をつけ、傍らに寝かした。

無双窓から射しこむ朝の日と一緒に、ひっひっ、と庭の小鳥の声が聞こえた。

「右近は、よろしいのですか」

穏やかさを失わぬように、新左衛門は訊《き》いた。

「まずは、斑目どのにお伝えし、そののちにと思うのです。しかしこれは、殿のご命令ではありません。殿は、表向きこれについていっさいご承知ではない、ということにしていただかねばなりません。よろしいな」

新左衛門は、黙って頷いた。

「殿は、斑目どのの判断に任せればよい、というお考えでござる。しかしながら、そう仰せながら、ご本心は斑目どのがこれに従う判断をなさるようお望みだと思われます。お言葉には出されませんが……」

「承知いたしました。わが殿のご意向に、そむきはいたしません。なんなりと、お命じくだされ」

ただし……という思いを、口に出すのははばかった。下地は脇差の隣に差した尺扇を抜いた。それを膝《ひざ》へ軽く打ちあてながら言った。

「残念ながら、あまりいい話ではござらん。このたびの一件に、五月にお沙汰《さた》がくだされてから、早いものでもうすぐ五ヵ月。すなわち、四月の半ばに一件が起こってからおよそ半年になります」

「はい。倅右近ともども、お沙汰どおりに蟄居謹慎を続けております」

「五月のお沙汰で一件は落着し、百姓どもは殿のお沙汰を受け入れたと思っておりました。ところが、先般、川越城下の奉行より、領内百姓らの間に不穏な噂が流れている、という知らせが届いたのでござる」

「不穏な噂、と申しますと?」

「当該の中赤坂村の百姓らが、五月のお沙汰を承服せず、柳沢家に訴えても埒《らち》が明かぬため、同調する近在の村名主ら連名による嘆願書を作り、厳正なる処罰を求めて御公儀に訴え出ようとくわだてている、というのでござる。驚いたことにそのくわだては、万が一、御公儀が百姓らの訴えをおとりあげにならなかった場合は、百姓ら自らが江戸へ出向き、つまり……」

下地は、咳《せき》払いをひとつした。

「斑目右近どのを、討ち果たそうと目ろんでいるというのでござる」

新左衛門は、眉《まゆ》をひそめ、身動きせず黙って聞いている。

「討ち入りを目ろむ百姓らは、右近どのに斬られた村人の倅らを始めその縁者などで、去年の赤穂侍の吉良邸討ち入りのごとくに父親の仇討ちを名分にたて、右近どのの無法を、世間に知らしめようという存念らしい。そうなると、仇討ちが成就するせぬにかかわらず、右近どのや新左衛門どののみならず、柳沢家の面目は失墜するでしょうな。上さまご侍従のわが殿のお立場が、きわめてあやういものになることは間違いござらん」

やはり何も言わず、新左衛門は肩をほぐすように、太い首を廻した。

肩に気だるさが感じられた。

「去年の赤穂侍の討ち入りでは、わが殿の評判は芳しくなかった。吉良さまと同じように、悪者にされました。吉良邸討ち入りから一年もたたぬこの時期に、柳沢家ご領地の百姓が仇討ち騒ぎを起こしたなら、そら見たことか、わが殿に罰があたった、これは赤穂侍の怨念《おんねん》だとか、世間は言い囃《はや》すでしょう。柳沢家はどうなることやら。とも角、ただでは済まぬことだけは、誰の目にも明らかでござる」

下地は間をおき、新左衛門を見つめた。

「そのようなくわだてがあるのなら、五月のお家のご沙汰にそむく不届きなふる舞いの廉《かど》で、百姓どもを召し捕えるべきではありませんか」

新左衛門は、下地の眼差《まなざ》しを押しかえして言った。

「それは無理だ。斑目どの、すべてはまだ噂にしかすぎぬのです。表沙汰になっている百姓どもの動きは、まだ何もないのです。証拠もないのにこちらがそのようなことをすれば、領内のすべての村名主が団結し、嘆願書を御公儀に差し出して柳沢家の非道を訴え、もっと大事になる恐れがありますぞ」

下地は、皮肉を含んだ薄ら笑いを浮かべた。

「名門斑目家の血筋を引く右近どののふる舞いが世間に知れわたり、五月に柳沢家がくだした片落ちのご沙汰に非難の目が向けられ、百姓どもが仇討ちなどせずとも、右近どのが切腹に追いこまれることになるのでは。そのような藪蛇《やぶへび》になることは、論外でござる」

片落ちのご沙汰だと、と新左衛門は腹の中で苦々しく思った。

「お家のために、右近に、腹をきらせよと」

新左衛門の声が、かすれた。

「そうなさる覚悟は、ござるのか」

下地に冷ややかに訊きかえされ、新左衛門は足下の砂がくずれていくような覚束《おぼつか》なさを覚えた。傍らに寝かした三間槍を、ついつかんでいた。

今、それをやるくらいなら、もっと前にやっている。昨夜も右近に言った。今さらあとには引けぬ。新左衛門はそう思った。

二

下地は、薄ら笑いを消さぬまま、新左衛門へ手をかざした。

「斑目どの、気を鎮めてくだされ。そのような事を伝えにきたのではござらん。殿は憂慮しておられる。ご自分のことよりも、斑目どのと右近どのの今後の処遇、さらには、この一件がこじれれば、ご実家の由緒ある斑目家を巻き添えにして疵《きず》つけるのではないかと、です。三河よりの徳川の名門斑目家を、柳沢家の巻き添えにするような事があっては断じてならん、と仰《おつしや》っておられるのです」

新左衛門は、槍をおき、手を離した。

「とも角、事が表沙汰になることは、誰の得にもなりません。どうやら、百姓らはそれがわかっておるため、百姓自らが噂を流しておるらしい、という声もある。あたかも、柳沢家に脅しをかけるかのようにです。そして、近ごろ、もうひとつ別の噂が、聞けたのです」

下地は膝に尺扇をついて、身をわずかに乗り出した。

「その噂というのは、百姓らは赤穂侍のように徒党を組んで江戸に出て、仇討ちを狙うかのように見せかけ、じつはひそかに刺客を雇い、右近どのの誅殺《ちゅうさつ》によって事を収めようと謀っている、というもっともらしき噂です」

道理はこうです、と下地はさらに声をひそめた。

本来は、柳沢家が右近どのを厳正に罰するべきであった。だが、それを怠りこのような事態を招いた。

とは言え、それを正すために百姓らが御公儀に訴え、訴えがとおらなければ仇討ちの挙に出ることは、御公儀の政にそむき、世間を騒がせ、また当該の百姓の中からも、四十七士に切腹のご沙汰がくだされたように、多数の罪人を生む。

そうなれば、多くの田畑の耕し手を失い、田畑は荒れ地となり、事は正されるかもしれないが、実情は多大なる負荷が誰にもかかる。

「繰りかえしますが、それでは誰の得にもなりません」

「百姓どもが刺客を雇い、右近ひとりを誅殺すると？」

「それが一番、どちらにも損害の少ない、安あがりな手だてだというのです」

「慮外な。わたしは右近を、護りとおします」

「わかっております。殿もそう思っておられます」

下地は頷いた。

「よって、右近をひそかに、甲府《こうふ》にいかせてはどうか、と言われたのです」

新左衛門は、言葉がなかった。

「ご存じですな。甲府は従来、徳川ご一門のみにしか封じられぬ幕府の天領でござる。先年、わが殿は松平の家号と将軍綱吉さまの偏諱《へんき》を許され、吉保さまと改名なされた。すなわち、わが殿の柳沢家は、徳川一門につらなるお家柄になったということでござる」

下地は扇で膝を打った。

「わが殿に、徳川ご一門のみにしか封じられぬ甲府領への、天封のご沙汰のくだされる話が、進んでおるのです。じつは、話自体は一昨年から、内々に出ておりました。その話が着実に進んでおるのです。おそらく、何事もなければ、遅くとも来年中には、わが殿は甲府城主に封ぜられるでござろう。おわかりか。そうなれば、川越七万二千石余から甲府十五万一千石余でござるぞ。むろん、殿の治める川越領の百姓どもが、御公儀に訴えを出して右近どのの一件が表沙汰になり、それどころか、赤穂侍のごとき仇討ちが江戸で起こったならば、話は吹っ飛びましょうな」

新左衛門は、なおも沈黙を守った。

「誰にも知られぬよう、右近どのが甲府へ逃れて身をひそめる。右近どのが甲府へ逃れたのち、右近どのはこのお屋敷で病死、あるいは自ら屠腹《とふく》したことにするのです。百姓らは、諦《あきら》めざるを得ぬ。遅くとも来年、殿が甲府城主となられたのち、斑目どのは改めて右近どのを迎え、甲府斑目家を継がせればよろしいのです。そうすれば、すべてが丸く収まる」

深い呼吸を、新左衛門はひとつ吐いた。部厚い肩が、ゆるやかな波を打った。

「おうかがいしても、よろしゅうござるか」

「どうぞ」

「百姓らの、仇討ちの噂や刺客のくわだては、どなたの調べで、わかったのですか。江戸屋敷から川越城下へ遣わされた者が、いるはずです」

「目付頭の、坊野享四郎どのでござる」

「やはり。坊野どのは、四月の調べでも川越に遣わされた。斑目家に対して、手厳しい考えをお持ちの方だ」

「そうかも知れませんな。評議の場でも、しばしば言い合いになった。ですが、手厳しいぐらいが、いいのではござらんか。手ぬるい調べでは、不測な事態が起こったときにかえって困る。斑目どの、殿はそういう事態が起こることを、もっとも憂慮しておられる。いかがでござるか」

「右近を、斑目家から出すのでござるか」

「殿のご心底は、斑目どののお味方です。それをお忘れなきよう」

「坊野どのも、右近の甲府ゆきを、承知しておられるのか」

「いや。重役方の表だった評議とも、川越の奉行とも、これは別の協議で出たことでござる。知っておるのはわたしのほか、斑目どのとわが……よろしいか、くれぐれも、外にもらしてはなりませんぞ。できれば、右近どのにも、そのときがくるまで、知らせぬほうが」

「兄の許しを得なければなりません。兄に打ち明けますが、よろしいか」

「ふむ。斑目比左之《ひさゆき》どのにか。それは、いたし方ありませんな。ですが、比左之どの以外には、いっさい他言せぬよう、お願いしますぞ」

「倅の命にかかわりのある事です。二言はありません。で、いつ」

「近々、殿の甲府領主に封ぜられるご沙汰が内定すると思われる。それが決まって以降、できるだけ速やかに。甲府での右近どのが身を寄せる先は……」

「それは、こちらでやります。甲府にも、一族に縁者がおります」

「さようか。では、お任せいたす。それから、噂にすぎぬとは言え、刺客の一件を軽んじるわけにはいきません。右近どのは、甲府へゆくまでは、このお屋敷より出ぬように自重なさったほうがいい」

新左衛門は、訝《いぶか》しく下地を見た。

「四谷の花町で、右近どのをお見かけしたという噂が、それも一度や二度でなく、届いておりますぞ。これも噂にすぎませんが、殿のお耳に入らぬように、慎みませんとな。蟄居謹慎の身なのですから」

下地は、膝を扇子で叩きながら言った。

新左衛門に腹だたしさが甦り、思わず、眉間《みけん》に皺《しわ》を寄せていた。

「百姓ごときが刺客などと、いまいましい。下地どの、刺客の噂について、もう少し詳しいことはわかりませんか。わかるところまでけっこうでござるゆえ、その真偽、どういう者が雇われたらしいとか……」

「それを調べて、どうなさるおつもりか」

「埒もない噂にすぎぬのであれば、それでけっこうだし、百姓らが本当にそのようなことをしたなら、迎え撃つ心づもりをしなければなりません。その人物などがわかれば。例えば、江戸の者か、あるいは他国よりくるのか」

「なるほど。武芸者らしいお心がまえでござるな。よろしい。調べてみましょう。ただし、先走ったふる舞いはなりませんぞ。すべては噂で、今はまだ、何も起こっておらぬのですからな。この一件を表沙汰にせぬよう静かに始末をつけるのが、肝心なことでござるゆえ」

「倅が刺客に斬られるまで、動くなと？」

「そうではない。そうではないが、家臣ならば殿のご苦労を、もっと考えられよ」

「承知、つかまつった」

新左衛門は、うやうやしく床に手をつき、下地に言った。

夕刻、斑目家屋敷の当主斑目比左之の居室に、新左衛門は兄の比左之と対座していた。庭へ向いた障子に、はや薄暗い宵の気配が映り、一灯の行灯が二人の間に灯《とも》されている。

斑目比左之は、小姓組番頭である。

小姓組番頭は、大番頭に続き、書院番頭と並ぶ幕府番方のもっとも重い役目のひとつである。旗本の中でも、将軍の馬廻りを固める側近中の側近の家柄であり、家格は諸大名に匹敵する。

諸大名など、所詮《しょせん》、上さまに領地を許された新参の家臣でしかあるまい。われらは三河以来の旧臣ぞ、と思っている。

「刺客か。あり得ることだ。話は相わかった」

と、比左之が新左衛門に言った。江戸城より下城して、裃を袷《あわせ》の着流しとくつろいだ袖なし羽織に着替えたばかりである。

「おまえが不服に思う気持ちはわかる。しかし、ここは甲府に、右近の身をしばらく隠すというのも、手かもしれん。右近の身の無事が肝要だ。わが家にひそんでおれば、誰にも手出しはさせぬが、生涯、この屋敷の中で暮らすわけにもいくまい。それに、赤穂侍の吉良邸討ち入りがあって、世情は仇討ち側に有利に働き、案外、軽視はできぬ。万が一の不測の事態を考慮し、慎重に事を運ぶべきだ」

新左衛門は、唇を真一文字に結んでいる。

「とも角、事を表沙汰にせぬよう始末をつけるのは、右近の身の無事を考えれば、わたしは賛成だ。甲府に身を隠すぐらいなら、かまわぬのではないか。葬儀云々《うんぬん》については、右近の蟄居謹慎の一年がたつまで放っておこう。そのときの情勢によって、どうするかを決めたらいい」

比左之は腕組みをし、短くうなった。

「おそらく、柳沢どのの本心は、右近を江戸からやっかい払いにしたいのであろうな。右近を江戸から離し、事態が鎮まるのを待つ気だ。百姓はその間に裏から徐々に懐柔していく。それを、悪くとってはならんぞ。一門の当主が、一族郎党を護りお家大事と考慮することは、いたし方ないのだ。柳沢どのは、そういう状況の中でよくやってくれていると思う」

「兄上も、右近をやっかい払いにしたいのですか」

「右近はわが甥《おい》ぞ。右近の身を護るために、どういう手だてが一番よいか、一番ましかと言っておるのだ。心配はいらぬ。仮に右近が評定の場に引き出される事態にいたったとしても、ご老中、三奉行、目付、あらゆる知己に手を廻して、右近の身を護ってやる。誰にも手出しはさせぬ。それよりおまえは、柳沢どのの家臣として功をたてることを考えていよ。それがゆくゆくは、右近のためでもある」

「百姓らが放った刺客が右近に手をかければ、わたしは刺客のみならず、百姓らも斬ります」

「馬鹿を言うな。そもそも、百姓を斬ったふる舞いが事の始まりなのだ。事情はどうあれ、これ以上百姓を斬ればいっそう大事になるだけだ。もし百姓が本当に刺客を放っているなら、右近の命ひとつで事を収めてもよいという腹だからだ。百姓らも、嘆願書を御公儀に差し出すことや仇討ちは、あとの跳ねかえりが大きいと、わかっている。だから刺客だとすれば、知恵を授けた者が、誰かいるのかもしれぬ」

「下地は、それが安あがりな手だてだと、言っておりました」

「とりこし苦労になってもかまわぬ。腕利きを雇おう。刺客の噂の真偽を、こちらでも調べさせる。真《まこと》ならば、どんな相手かもだ。なるほど、刺客は安あがりだ。つまり、護るこちらも安あがりで済むし、かえって動きやすいということだ」

比左之は、腕組みを解いて手を鳴らした。現れた若党に、

「荒尾《あらお》重太《じゅうた》を呼べ。長屋におるだろう」

と命じた。

ややあって、「荒尾重太です。お呼びによりまいりました」と、廊下に低く張りのある声がした。

荒尾重太は、もう十数年も斑目家に奉公する足軽である。二十歳前に浪々の身から奉公にあがり、すでに三十を超えている。長身痩軀で、剣術の腕がたった。

新左衛門は、柳沢家に仕えてからも番町のこの斑目家に戻って、屋敷内の道場で荒尾と稽古をしばしばやっていた。

荒尾は比左之に仕える家臣ながら、新左衛門に対しては、剣術の師匠のようにへりくだり、敬意を払った。

「荒尾、おぬしの知り合いに、腕利きの兄弟がいると言っていたな」

「はい。神谷寛十郎《かみやかんじゅうろう》、幸次郎《こうじろう》の兄弟です。神田明神下の神陰流の大泉道場で剣術を学び、腕に間違いはありません。奉公先に恵まれず、今は御徒町界隈《おかちまちかいわい》の辻番の番士に雇われ、暮らしの方便にしております」

「ふむ。神谷兄弟は信用できるか」

「身分はありませんが、気位の高い侍です。信頼に足る者たちと申せます」

「右近の警護役に、神谷兄弟を雇いたい。それから、警護役のほかにも調べてほしいことがある。右近の命にかかわる調べだ。だが、われら以外、誰にも知られぬよう、隠密《おんみつ》にな」

「信頼していただければ、犬馬の心を以《も》って務める者たちです。右近さまの警護役には、適任と思われます」

「よかろう。神谷兄弟を雇い、おぬしの支配下におけ。それからおぬしは、わたしが言うまで、当分、新左衛門の指図に従え。詳しい事情はまだ話せぬが、遠からず新左衛門の供をして、旅に出てもらうことになるだろう」

「承知いたしました。新左衛門さま、よろしくお指図をお願いいたします」

荒尾が新左衛門に頭《こうべ》を垂れた。そのとき、新左衛門は、静まりかえった邸内に冬の宵闇が急速に迫っていることに、ふと、気づいた。

そうか、もう夜か、と新左衛門は思った。

三

ある日数《ひかず》が、国包にもたらされる手はずになっていた。それがどのような日数か、国包と十蔵は承知している。その日数が明らかになれば、いつ、どのように動くかが決まる。しかしそれまでは、普段どおりに送っていればよかった。

鍛冶《かじ》場の刀作りは、七日目の造りこみの作業に入っていた。

造りこみは、平らな心鉄《しんがね》を皮鉄《かわがね》で包み、《鍛え着せ》し、それを幾度も熱しては叩き延ばし、《素延べ》する工程である。

真っ赤な刃鉄《はがね》の塊が、鍛え着せによって硬さと粘りを備え、それが素延べされていくと、次第に刀の姿を見せ始めるのである。

さらに、刃鉄の先端を打ち曲げ、鋒《きっさき》の形を作る。

国包は横座の槌《つち》を落とし、千野と清順の向こう槌が火花を散らしている。

折りかえし鍛錬とは違い、この鍛え着せの工程で、流派によって様々に方法が分かれるのである。

甲伏せ、まくり、棟鉄《むねがね》鍛え、本三枚、折りかえし三枚、四方詰め……

国包は、斑目新左衛門に会ってみたい、と思うようになった。できれば、川越領の村人らにも、会って言い分を訊いてみたいと思っていた。

新田開発の奉行を務めるほどの侍が、村人を無慈悲に斬った倅を、そこまでしてなぜ庇《かば》うのか。倅を思う親の情だけなのか。また村人らは右近と何があって、斬殺《ざんさつ》におよぶまで対立したのか。

坊野享四郎より聞いた理由のほかに、まだありそうな気がしてならない。

その男たちに気づいたのは、七日目の午後だった。前日にも、菅笠《すげがさ》をかぶったその男たちが、鍛冶場の前の、弓町の小路を通りすぎるのを見覚えていた。

三人の侍だった。どこかの家中の郎党には見えなかった。

と言って、浪人とも思われなかったのは、三人のうちのひとりが紺羽織に縞袴《しまばかま》の奉公人風体で、あとの二人を指図している様子がうかがえたからだ。

たまたま、この近所に用があって、二日続けて通りかかっただけかもしれなかった。いや、偶然ではない、と妙な勘が国包の腹の中で赤い熱をおびた。

叩いてみるか。国包は思った。


入り日の刻限が近づき、荒尾重太と神谷寛十郎、幸次郎の三人は、数寄屋河岸の河岸通りの蕎麦《そば》屋に入っていた。

三人が蒸蕎麦《そば》切《きり》をすする蕎麦屋の連子格子ごしに、人通りの少なくなった夕方の数寄屋河岸が見えていた。

船着場に荷船の出入りが終わり、河岸場人足の軽子の姿も消えていた。

その日は、冷えこみが強かった。日に日に、冬の寒さが厳しくなる。

日がな一日、外にいて冷えた三人の身体を、蒸蕎麦切が温めた。蒸蕎麦切のほかに、薄らと湯気ののぼる燗酒《かんざけ》を頼んでいる。

十数年前より、江戸市中には蕎麦屋が次々と出現した。打った蕎麦を湯でさらいあげ、水で洗い、せいろで蒸した《蒸蕎麦切》が、侍庶民を問わず人気を博した。

昼間の慌ただしさが終わって、暗くなると、蕎麦屋も店仕舞いの刻限である。

夜更けに人の往来は、急に少なくなる。

しばらくすると、屋台をかついだ風鈴蕎麦が河岸場にやってくる。客は、夜更けになって稼ぐ夜鷹《よたか》や船饅頭《ふなまんじゅう》の女たちや、そういう女らと遊ぶ男らである。

店仕舞いの刻限に近いからか、三人のほかに客はいなかった。

「一戸前国包のほかには、男たちが出入りする様子はありません。あとは、元は侍らしいですが、もう六十すぎの爺さんの老僕。刀鍛冶の弟子の若衆。ただ、若衆と言いましても、小僧も同然の年ごろのようです。それと、女房と娘と奉公の小女の六人だけです。唯一気になるのは、千野という娘が、父親の国包を継いで一戸前の女刀鍛冶になる修業中と、近所では知られておるようです」

寛十郎が言った。

「ああ、あの娘か。わたしも見た。男の形《なり》をして、真っ黒になって槌を揮っていたな。束ねた長い髪を背中に垂らしていたのが、唯一、女らしかった。器量のほどもわからなかった」

荒尾は、食い終った蕎麦の碗《わん》を膳《ぜん》に戻した。

「器量がいいというので、弓町では評判の娘だったらしいですぞ。それが、二、三年前より、国包が刀鍛冶の修業をさせ始めたため、化粧もせず、男勝りの真っ黒な姿になったと聞きました。何を考えているのか。国包は本気で刀鍛冶に育て、娘にあとを継がせる気でしょうか」

荒尾は、黙って温《ぬる》くなった燗酒を舐《な》めた。それから幸次郎へ目を流し、ふと、思いたったふうに言った。

「大泉道場に、一戸前国包という男はいなかったのだな」

「おりませんでした。同じ名の藤枝国包という藤堂家の家臣の倅が、大泉道場に通っておりましたので、たぶん、同じ国包の名から、そうではないかという話があったのでしょう。藤枝家は江戸勤番でしたが、役目替えで領国の伊勢に戻り、藤枝国包も今は伊勢におると思われます。確かに、藤枝国包は大泉道場に今でも凄腕《すごうで》、と言い伝えられています。ですが、もう三十年近く前のことですので、道場で藤枝国包を知っている者は、おりませんでした」

「われらも大泉道場で稽古をいたしましたが、一戸前国包が、言い伝えられている藤枝国包と同一人物と考えもせず、ただ国包とだけしか知りません。これは間違いなく、別人と見なしてよろしいでしょう」

幸次郎に続いて、寛十郎もつけ加えた。

ふむ、と頷きながらも、荒尾はなおも腑《ふ》に落ちない素ぶりだった。

一昨日、下地了右衛門より、新左衛門に短い知らせがもたらされた。

知らせには、一戸前国包という刀鍛冶の名が記されていた。川越の百姓らが雇ったと思われる刺客の名で、どこの誰から得た知らせかは、本人の身に危険がおよびかねないので固く口止めされているが、おそらく相違ないだろう。

聞くところによれば、京橋南の弓町の刀鍛冶という以外に詳しい素性はわからないものの、一戸前国包は、神田明神下の大泉道場で修行を積んだ無類の使い手らしい、とも記されていた。

神田明神下の大泉道場は、偶然にも、神谷兄弟が剣の稽古に通った道場だった。

大泉道場には、先々代の道場を開いた大泉寿五郎ほか、かつての主だった門弟らの名が言い伝えられており、その中に国包という名も残っていたのを、神谷兄弟はおぼろげながら覚えていた。

「姓は一戸前だったかどうか、定かではありません。調べてみましょう」

と、幸次郎が大泉道場を訪ねた。

だが、国包という者が大泉道場にいたのは三十年ほど以前のため、詳しく知っている者はいなかった。調べは思いのほか手間がかかり、国包とは、藤堂家家臣の倅の藤枝国包と思われ、刀鍛治の一戸前国包とは別人らしい、ということがわかったばかりだった。

「よかろう。わかった事だけでも、新左衛門さまにご報告する。おぬしらには、改めて指図する。それまでは、右近さまから目を離さぬようにな」

「承知いたしました」

三人は蒸蕎麦切を食い終り、杯の酒を呑《の》み乾《ほ》した。そのとき、「うん？」と、幸次郎が連子格子の窓のほうを見て目を瞠《みは》った。

「どうした」

寛十郎が質《ただ》し、荒尾が見かえした。

「荒尾さん、あの二人……」

幸次郎が、連子格子ごしに河岸通りを睨《にら》んで言った。荒尾と寛十郎がその方角を見やると、赤い夕陽の陰った河岸通りを、若い男と女が通りかかっていた。

着替えてはいたが、一戸前の鍛冶場にいた向こう槌の二人だった。

男はくり袴の若党ふうで、脇差を帯びていた。一方の女のほうは、紫がかった臙脂《えんじ》の小袖を着け、束ねた髪を背中に長く垂らした姿は、鍛冶場で見た男装の姿とはまるで違って見えた。

「あれは千野だな。評判どおり、器量よしの娘だな。無粋な。あれほどの器量の娘に、槌などを揮わせて」

「あの娘の器量は、童女のころから町内ではずいぶん評判だったのです。少々痩《や》せておりますが」

「背が高い……」

千野に従うように歩む若い男と、背丈は殆《ほとん》ど変わらなかった。

二人は速やかな歩みで、《備後屋》の看板を軒にさげた店に姿を消した。

表戸の障子に、《御刀》の字が読めた。

「太刀売り屋のようですな。どうしますか」

「うん？　どうもせぬさ」

荒尾は唇を歪《ゆが》めて言ったが、束の間、考えた。

「それとも、おぬしら、ひとあてしてみたいのか」

「荒尾さんがよろしければ。あの小僧、ひよっこですが、背丈は人並みです。念のため、小手調べを」

「酔っ払いが、娘をからかうふりをして、小僧がどう動くか……」

「ふふん、それもよかろう。ならば、おれはここで見ている。ただし、何があっても助けにゆかぬぞ。それでよいか」

「われらのことは、お気遣いなく」

「刀は絶対抜いてはならん。それと、手加減をするように」

荒尾は薄笑いを投げた。

「わかっております。幸次郎、いくぞ」

入れ床から土間に降り、大刀を帯びながら蕎麦屋を出ていく。やがて、菅笠をつけた二人が、河岸通りの備後屋の前をすぎ、そのだいぶ先の、お濠端《ほりばた》の柳の木陰あたりに立ち話をするかのように佇んだ。

荒尾は連子格子ごしにそれを眺め、ふん、と鼻で笑った。

蕎麦屋の亭主にもう一本酒を頼んで、それで勘定を済ますように言った。そうしてまた、連子格子ごしに河岸通りを見守った。

夕日の陰った河岸通りに、黄昏《たそがれ》の気配がたちこめていた。

人通りはまばらだった。河岸場に舫《もや》った船の一艘《そう》で、頬かむりの船頭が板子の修繕をやっていた。こん、こん、と木槌の音がお濠の水面《みなも》に寒そうに流れている。

ほどなく、千野と清順が備後屋から出てきた。

備後屋の亭主らしき男と小僧が、表戸のところで二人を見送った。

河岸通りをきたときと同じように、千野に清順が従って戻っていく。その前方に、お濠端の柳の木陰に神谷寛十郎と幸次郎が、所在なげに佇んでいるのが見えていた。

寛十郎と幸次郎は、襟をくつろげただらしない様子を作り、少し酔ったふうな足どりを、道をふさぐように並んでゆっくりと歩ませた。

千野が二人に気づき、色白の頰をわずかに朱色に変えた。顔をそむけ、眉をわずかにひそめた。

後ろから清順が小声をかけ、千野は首をかしげ、小さく頷いて見せた。

「そこな娘御、器量よしだのう。このような無粋な町家にも、そなたのような器量よしが、いるとは驚いた。われらはただ今、いささか退屈いたしておる。酒をいただいたが、呑み足らんのだ。器量よしの娘御に酌をしていただき、楽しく呑みたいと思うのだが、いかがか」

「この先に茶屋がある。娘御、一緒にゆこう。面白い思いを、いっぱいさせてやるゆえ」

寛十郎と幸次郎は、ぶらぶらとした足どりで、千野のゆく手をはばんだ。

千野は、歩みを止めた。そむけていた顔を二人へ向け、冷めた目を浮かべた。ちら、とかすかな笑みを見せたが、兄弟はそれを見逃した。

「どうだ、娘御。花の咲くときは短い。今を精一杯楽しむ事こそが、生きておる甲斐《かい》というものではないか。さあさ、ゆこう」

すると、後ろの清順が娘の前へ進み出た。

「おまえら、つまらねえ戯れはよせ。酒を呑みてえなら、どこへなりともいけ。迷惑だ。たち去れ」

と、黄昏のたちこめる河岸通りに、若い声を響かせた。

「小僧、子供にしては威勢がいいな。ふん、子供には用はない。引っこんでおれ。大人の話に口を出すな」

寛十郎が嘲《あざけ》った。

「ここは人の通る往来だ。大人も子供もねえ。それともおめえら、お犬さまか。無体な真似をすると、町役人を呼ぶぞ」

自身番は、たいてい、町内の四つ辻にある。このあたりにはない。

「あはは、お犬さまとは傑作だ。小僧には無体な真似はしておらぬ。器量よしの娘御に声をかけておるだけだ。小僧にはまだ早い話だ。引っこんでおれというのに」

寛十郎は、毛深い腕をのばし、清順の肩をつかんだ。片腕一本で、清順の痩せた身体を押し退けにかかる。

「何をしやがる。こいつ」

清順は寛十郎の手首をつかみ、押しかえした。

「小僧、邪魔なのだ。日が暮れる。子供は家に帰る刻限なのだ」

幸次郎が、わきから清順の首筋へ長く太い腕を巻きつけ、強引にわきへ引き離しにかかった。喉頸《のどくび》を締められ、うっ、と清順は顔をしかめ、歯を食い縛った。

「退いておれ、小僧」

と、寛十郎が清順の腕をふり払ったときだった。

真っすぐ、拳の一撃が飛んでくるのが見えた。

一瞬、眉間が鳴って目の前に火花が走った。

周りが白くなり、寛十郎は自分がどうなっているのかがわからなかった。

気がつくと、まだ青みをわずかに残した空が広がっていた。柳の枝も、視界の片隅でゆれていた。それから、尻餅をついたのがわかった。「寛十郎」と、幸次郎の呼び声が遠くに聞こえた。

ぼうっと見上げると、千野が大股《おおまた》に踏みこんできて、片足が持ちあがった。それをよける間はなかった。千野の草履の裏が顔面を襲い、寛十郎は大の字になって、今度は長々と何もわからなくなった。

一方、幸次郎は兄の寛十郎が、いきなり尻餅をついたのを見て驚いた。

「寛十郎」

叫んだが、寛十郎は続けて千野の蹴《け》りを顔面に浴び、仰《あお》のけになった。

声すらあがらなかった。

清順を打ち捨てて、寛十郎を助けようとした。その隙に、清順は首筋に巻きついた腕をとり、身体を鋭くひねって幸次郎を肩へ背負った。

幸次郎は、肩にかつがれ足が浮き、「しまった」と思ったが、もう遅かった。はずみをつけて、投げ飛ばされた。身体が勝手に宙を回転した。途端、背中の骨が悲鳴をあげるほどに、河岸通りへ叩きつけられた。

「あぐうっ」

と、幸次郎はうめいた。そして、右や左へのた打った。

「千野さま、いきましょう」

のた打ちながらも、声は聞こえた。だが、どうすることもできなかった。

寛十郎が気づくと、見知らぬ小僧が上からのぞきこんでいた。小僧は、

「お侍さん、大丈夫ですかい？」

と、ひねくれた口調で言った。

「お、おまえ、誰だ」

「あたし？　あたしは備後屋の者ですが」

「備後屋、ああ、刀屋か。こ、幸次郎は、どうした」

「幸次郎とは、もうおひと方？」

寛十郎は頷いた。

「あちらで、まだ、うめいていらっしゃいますよ。もうひと方のお侍さんが、見ていらっしゃいます。それにしても、派手にやられましたね。本当に、お気の毒なことでございますよ」

「くそ……」

寛十郎は言ったが、頭がふらふらした。

小僧の顔が歪んで、おかしさを堪《こら》えていた。不意に、小僧の顔の反対側から、荒尾がのぞきこんだ。

「気がついたか」

「あぁ、荒尾さん、面目ない」

やっと言った。荒尾が皮肉な笑みを見せた。

「仕方があるまい。向こうが上手だった。幸次郎もまだ起きあがれぬ。二人そろって、この様《ざま》か」

「あの女が、くるとは思わなかったもので」

「手加減せよと言ったが、油断せよとは言っていないぞ。小僧、あの女と若衆は、どこの者だ。仕かえしにいくのではない。感心したのだ」

荒尾はわざと訊いた。

「はい。弓町の刀鍛冶の一戸前さんの、娘さんとお弟子さんです。娘さんも一戸前のお弟子さんですけどね。あんなに強いとは、思わなかった。凄いな、女の身で」

「一戸前、名はなんと言うのだ」

「一戸前国包です。刀工の銘は、武蔵国包です。このごろ少し、名が売れてきておりますがね。うちが辛抱強く刀を作らせて、名を売ってあげたんです。はい」

「そうか。娘や弟子があれほどだから、一戸前国包もずいぶんと強いのだろうな」

「さあ、どうでしょうか。普通のおじさんですけどね」

荒尾は、小僧の言い方に笑わせられた。

「小僧、このことは、あまり言い触らさないでやってくれ。二人の恥に、なるのでな。可哀想だ」

「ええ、ええ。お侍さん方の恥になるようなことを、あたしが言い触らしたりするもんですか。承知しておりますとも」

備後屋の小僧は、笑いを堪えて言った。

だがこの事は、翌日の昼前には、京橋南の界隈で知らぬ者はいなかった。

四

国包の予感は、的中した。

十蔵は国包の指図で、一昨昨日《さきおととい》から一昨日《おととい》にかけて、国包が鍛冶場から見かけ不審を覚えた三人の侍のあとをつけた。

千野と清順が、備後屋への使いの戻りの数寄屋河岸で、二人の侍にからまれた喧《けん》嘩《か》騒ぎを、十蔵は一部始終見ていた。千野と清順が二人を倒して去ったあと、もうひとりが現れ、二人を介抱して表番町の斑目家の屋敷まで戻るのを見届けた。

十蔵は昨日一日、三人の侍が、斑目家の奉公人であることを探り出した。

ひとりは斑目家足軽の荒尾重太。あとの二人は神谷寛十郎と幸次郎兄弟であると、十蔵は言った。

「荒尾は十代のときに腕を見こまれ、主人の斑目比左之の供廻りに召し抱えられて十数年になります。柳生《やぎゅう》流の使い手と、番町で知れわたっておりました。神谷兄弟の詳しい素性はわかりませんが、なんと、旦那《だんな》さまと同じ、元は神田明神下の大泉道場の門弟でした。この兄弟も相当の腕利きらしく、どうやら斑目右近の警護役に新しく雇い入れられたばかりのようです。三名とも三十歳から三十二、三歳の、血気盛んな男らです」

「斑目家の者なら、斑目家の誰ぞの指図でわたしを探りにきたということか」

「おそらく、さようでしょうな。神谷兄弟が大泉道場の門弟だったことが、偶然か何かの意図があるのか、事情は知れません。ただし、大泉道場へいって訊《たず》ねましたところ、神谷幸次郎と思われる男が、昔、大泉道場の門弟だった藤枝国包さまの素性を、問い合わせにきたそうです。どうやら、旦那さまのことをだいぶ知りたがっているようです。どれほどの者かと……」

すなわち、先日、永田町の友成家で、伯父《おじ》友成数之助の仲介による柳沢家目付頭の坊野享四郎の依頼が、斑目家に、当然、斑目新左衛門と右近親子にすでに知られているということだった。

「なんということだ、隠密の依頼だったのではないのか」

「どうやら、柳沢家のご家中に、斑目新左衛門どのの内通者がおるようですな。しかも、殿さまのお側近くに。よくあることですが、ずいぶん早い」

と、いささか不服そうな顔つきを見せた。

こんなことで、坊野の手はずどおりに事は運ぶのかと、国包は呆《あき》れた。しかし、向こうがこちらに気づいているならむしろ都合がいい、とも思った。

「十蔵、斑目新左衛門に会いにいく。新左衛門がどういう男か、見ておきたい。どうせ知られているなら、言いたいこともある」

十蔵が目を瞠った。

「刺客と名乗るのではない。だが、もはや隠している意味はない。刃を交わす事態になるかもしれん相手だ。新左衛門はそれを念頭におき、どれほどの者と、おれを探らせているのだろう。ならば、直《じか》に新左衛門と会って、互いに確かめたほうがわかりやすい。それで互いの有利不利がわかれば、新たな手が打てる。話のわかる男なら、戦わずに済むかもしれぬし」

「斑目新左衛門どののほうからも、旦那さまに刺客を放つかもしれませんぞ」

「こちらが知られているのだから、あり得る。新左衛門がどういう男かを確かめ、こちらの備えを考える」

国包は、大らかにこたえた。

「数寄屋河岸の喧嘩騒ぎも、神谷兄弟は、旦那さまの身辺を探るつもりで、千野さまと清順にからんできたのでしょう」

「町内でずいぶんな騒ぎになっているな。十蔵は見ていたのだろう」

「見ておりました。助けにゆくまでもなく、二人の手が早くて……」

「神谷兄弟とは、その程度の腕前だったのか」

「いえ。神谷兄弟は明らかに、手加減しておりました。それと、まさか千野さまがたち向かってくるとは思っていなかった。油断しておりました。ですが、千野さまと清順はやりすぎました。若い者は手加減を知らぬ。ですから、相手の手加減にも気づかず、様子を見るということもありません」

「不満か」

「不満ではありません。若さは、いたし方ないことですから」

国包と十蔵は、苦笑を交わした。

国包と十蔵は、昼下がりの表番町の坂道をくだっていた。

心地よい日射しが、番町の石ころ道を、白く照らしていた。数匹の野良犬が、武家屋敷の土塀ぎわにたむろし、国包と十蔵に気づいて、嚇《おど》すように吠《ほ》えたてた。

二人は目をそらし、かまわなかった。かまえば、図に乗ってくる。野良犬はしばらく二人についてきたが、そのうちに消えた。

「番町は、野良犬まで気が荒そうですな」

十蔵がおかしそうに言った。それから、

「斑目新左衛門どのを訪ねて、無事で済みますかな」

と、もらした。

「これを機にと、束になって斬りかかってくるかもな。そのときはそのときさ。十蔵も一緒だから、おれは寂しくないよ」

「どこまでも、お供いたしますとも」

十蔵は、おかしそうに笑みを見せた。国包は日射しの下をいきながら、そんな十蔵につい言いたくなった。

「新左衛門を訪ねるのは、刃を交わすことになる、いや、交わすかもしれぬからだけではない。この一件、少し解せん」

「何が、解せんのですか」

「新左衛門が右近を庇うふる舞いは、父親の気持ちとしてわかる。だとしても、実家の斑目家にまですがるのは、柳沢家を去ってでも右近を護るという存念だからだろう。君君足らずとも臣臣足らざるべからずではないのか。ひと廉《かど》の侍のふる舞いらしくない。新左衛門はそういう男か」

「余ほど、倅が愛《いと》おしいのではありませんか。侍であっても、父親と倅に変わりはありませんから」

「十蔵と清順もそうか」

「さあ、どうでしょうか」

「つまり、父と倅の情だけではなく、もしかして、おれの知らないわけが、そこまで右近を庇う事情が、ほかにもあるのではないか。そんな気がするのだ」

「なるほど……」

「それに、右近が川越領の村人を斬った経緯にも、坊野さんより聞いた事情だけではない事情が、まだあるのかも知れぬ」

「ならば、村人らの話も聞いてみねばなりませんな」

「ときがゆるせば、川越領にもいってみたいと思っている」

「そうなされませ。とも角、つきましたぞ。あそこです」

斑目家三千石の、表番町の屋敷の土塀と木々が、国包が菅笠を持ちあげた往来の向こうに見えた。

表長屋門わきの小門が開き、黒羽織の家士が門外に現れた。礼もせず、会釈も見せぬ素ぶりで、横柄な声高に質した。

「斑目家に仕える荒尾重太と申す。一戸前国包どのは、そちらか」

「一戸前国包、でございます。京橋南の弓町にて、刀鍛冶を生業《なりわい》にいたしております。当お屋敷に身を寄せておられる斑目新左衛門どのに、おとり次を願います」

国包が言うと、荒尾は眉間にひと筋の皺を寄せた。

「そちらの、ご老体は？」

国包にはこたえず、後ろに控える十蔵へ眼差しを投げた。

「それがしは、一戸前国包さまにお仕えいたしております伊地知十蔵と申します。わが主の供をして、おうかがいいたしました」

「さようか。で、一戸前どの、新左衛門さまにどのようなご用件でござるか。刀鍛冶ならば、なんぞ刀のご用か」

荒尾は、わざとらしく言った。

「刀のご用ではございません。斑目新左衛門どのに直に申し上げるべき事柄ですので、何とぞ、おとり次を願います」

「差し障りがあって、ただ今はご用件の訳合いをうけたまわったうえで、おとり次する定めになっておる。ご用件を、申されよ」

「斑目新左衛門どのにお会いできないのであれば、はばかりのある事柄ゆえ、今ここで軽々に申しあげるわけにはまいりません。われらは退散いたします」

冷めた目つきを、荒尾はわずかに動かした。

「では、お伝えください。一昨日、斑目家でお雇いの神谷寛十郎どのと同じく幸次郎どのが、数寄屋河岸においてわが娘および弟子と諍《いさか》いになり、神谷どのらが怪我を負われたとうかがいました。斑目新左衛門どのに、その折りの事情もお話しするつもりであったとです。そうか。荒尾どのはその場におられたのでしたな。すでにお話しになっておられるでしょうが」

国包は「これにて」と、荒尾に礼を投げた。すると、荒尾は唇を歪め、

「しばらく、一戸前どの。仕方がありませんな」

と、国包を不快そうに呼び止めた。

「どうぞお入りを。案内いたす」

ぞんざいな素ぶりで、小門の門扉を開け、荒尾が先に邸内に入った。

「新左衛門さまは当屋敷にて謹慎をなさっておられるゆえ、毎日、道場ですごして

おられる。そちらにご案内いたすが、よろしいか」

表門から玄関へ、灌木の垣根の間の敷石をゆく途中、荒尾はよそよそしい口ぶりで言った。

「よろしいように」

国包と十蔵は、荒尾のあとに従い、敷石から中庭のほうへはずれた。

荒尾は、木犀《もくせい》の灌木と桂や楢《なら》の林間をずんずん進み、裏門の見える邸内の一角に建てられた道場へ導いた。道場の瓦葺《かわらぶき》屋根に、多くの枯れ葉が落ちていた。

林間に、ひっ、ひっ、と小鳥のささやくような鳴き声が流れている。小鳥のささやきのほかは、主屋も広い庭も静まりかえり、人影は見えなかった。

ただ、道場には人の気配があった。戸を開け放った落ち間から落ち縁にあがり、もう一段高い廊下にあがって、荒尾は、

「新左衛門さま、一戸前どのをご案内いたしました」

と、仕きりの杉戸ごしに声をかけた。

「お通しせよ」

中から、低い声がかえってきた。

杉戸が引かれると、道場奥の壁に神棚が祭ってあり、左右の板壁の無双窓から外

の明るさが射していた。長い年月を人が踏み締めた板床は、使いこまれた黒ずみを明るさの中に見せていた。

道場の一角に、たんぽのついた木槍が数本たてかけてあり、鉄面《かなめん》や胴、垂、籠手《こて》などの槍術の防具が並んでいた。また木槍の隣には、木刀がこれも数本、架けてある。

紺の稽古着に紺袴の斑目新左衛門は、神棚を背に、黒鞘をかぶせた黒塗り柄の槍をわきに携え、彫像のように佇んでいた。携えた槍は、長さは三間以上ある、《道具》と戦国期に呼ばれた実戦に向いた素槍であることが知れた。

新左衛門のひと重の目が、真っすぐに国包へ向けられていた。五尺七寸少々の背丈に見えた。国包よりやや低いが、骨張った顎《あご》と彫の深い顔だち、肩幅の広い分厚い体軀が、凛《りん》とした気配を漲らせていた。

今まで稽古をしていたらしく、稽古着が汗ばんでいた。

この男が種田流の槍を使う槍の新左衛門か。確かに強そうだ。斑目新左衛門の強さが、風貌《ふうぼう》から伝わってきた。

「一戸前どの……」

いかれよ、というふうに荒尾が手先で示した。

国包は新左衛門の前へ進み、三間の間を空け、立ったまま一礼した。

「一戸前国包と申します。京橋南の弓町にて刀鍛冶を生業にいたし……」

「挨拶《あいさつ》はけっこう。一戸前どののことは存じている。斑目新左衛門でござる」

と、国包をさえぎった。

「一戸前どのは当然ご存じであろうが、ただ今は謹慎中の身ゆえ、ほぼ毎日、この道場でひとりですごし、おのれ自身を見つめてすごしております。おのれを見つめておると、知らぬおのれが見えてくる。不思議なものだ」

そう言って、赤い唇をひと筋に結んだ。

「一戸前どのの名を聞いたのは、数日前だ。武蔵国包という刀鍛冶で……」

「どなたから、わたしの名をお聞きですか」

国包がさえぎった。新左衛門は、束の間、眉をわずかにひそめた。

「それは差し障りがあって、どなたかをお教えするわけにはいかない」

荒尾が新左衛門の後ろに立ち、十蔵は国包の後ろに位置をとっていた。

ひっ、ひっ、と小鳥のささやきが続いている。

「一戸前どのは、川越領の百姓どもから、わが倅右近を討ち果たせと頼まれたそうですな。しかし、一戸前どのが百姓どもの頼みを引き受けられたかどうか、百姓どもと一戸前国包という江戸の刀鍛冶を、誰がどのように結びつけたのか、詳しい経緯は聞けなかった。そもそも一戸前国包とは何者なのか、それもわからぬ。なぜ、刀鍛冶の職人が、人斬りなのかがだ。よって、調べざるを得なかった」

新左衛門は、まばたきもせずに言った。

「その折り、わが家の者らが、そちらに不埒なふる舞いにおよんだと聞いた。一昨日のことだ。申しわけなかった。あれは、わたしの差金ではない。少しでも一戸前どのの事が知りたかった。それだけでござる」

「ご懸念にはおよびません。それより、神谷寛十郎どのと幸次郎どのが怪我を負われたと聞きました。わが娘や弟子は歳が若く……」

「神谷兄弟の名を、すでにご存じなのか」

「こちらもやむを得ず、調べさせていただきました。荒尾重太どのとともに、わが家の近所でお見かけし、そのご様子が少々不審に思われました」

「女子供がごときどれほどのものと油断はあったとしても、二本を腰に帯びた者が益体《やくたい》もない。相手が女だろうが子供だろうが、戦場で油断をすれば命をかかれるのが常。大坂城落城からおよそ九十年。まさに、天下泰平でござる。荒尾、気づかれていたとは手落ちだったな」

新左衛門は、背後の荒尾のほうへ首をかしげるようにして言った。荒尾は、「不覚でした」と、目を伏せた。

しかし――と、新左衛門は国包へ目を戻した。

「われらの動きに気づき、われらの前に現れたということは、一戸前どのが百姓どもの頼みを引き受けられたからに相違ない。それが確かめられたのだから、手落ちではあっても役にはたった。一戸前どの、今日は、百姓どもの頼みを受けて、わが倅右近を斬りにこられたのか」

百姓らの頼みを受けてと、そういうふうに伝わっているのが訝しく思われた。柳沢家の誰かが、そう伝えたのに違いなかった。故意にか、それとも坊野のくわだてを知らずにか。

どちらにせよ、これで坊野のくわだては、上手《うま》く運ぶのか。

国包は訝しみつつ、言った。

「確かに、妙な因縁でこうなりました。右近どのを介して、後日、斑目どのとお会いする事態になるかもしれません。しかしながら、わたしはそうなる事態を望んでおりませんが」

「倅の命、百姓らの望みどおりにはさせん。百姓らが望む限り、一戸前どのが望まずともそうならざるを得まい」

「わたしも人の親ですから、親の気持ちはわかります。よって今日は、右近どのではなく、斑目新左衛門どのにお会いするため、お訪ねしたのです」

「わたしがどれほどの腕前かと、探りを入れるために？」

「種田流の槍の使い手の、槍の新左衛門の評判は聞いております。わたしごときが斑目どのの腕前をさぐったところで、それが今さら役にたつとは思えません。そうではない。つまらぬ事が、ただ、気にかかるのです。斑目どのに、ひと言、申しあげたい。本日はそれを申しあげるために、おうかがいいたしました」

「何をだ？」

「小姓組番頭に代々就かれ徳川家の直参斑目家一門につながり、柳沢吉保さまの家臣となってお側近くに仕え、武芸においては槍の新左衛門と知られるほどのひと廉の侍が、ご実家の斑目家に身を隠し、名門の庇護《ひご》にすがって、なぜそこまでして右近どのを庇われるのかと、それが不審でした」

新左衛門は、つまらなさそうな顔つきを寄こした。

「一戸前どの、坐られよ」

と、脇に携えた槍で床板を差した。そうして先に着座し、槍を傍らへ静かにおいた。国包は、新左衛門と三間の間をおいて対座し、十蔵と荒尾がそれぞれの主《あるじ》の後ろに控える形で端座した。

「それを言うために、わざわざ見えられたのか」

「右近どのを庇うための斑目どのがとられたふる舞いは、まるで、身も世もあらぬ親馬鹿のようにすら思えました。それは、あなたのすがっておられる由緒正しき斑目家一門に相応《ふさわ》しくない。潔くもない。ですから、右近どのを庇われる理由が、ほかにあるのではないかと思ったのです」

　新左衛門は国包から目をそらさなかった。何かを考えるように、口を真一文字に結んでいた。やがて、苛だちを隠さぬ素ぶりで撥《は》ねつけた。

「余計なことを。一戸前どのには、かかわりのないことだ。親が倅の身を案ずるのは、あたり前のことだ。わがふる舞いに、それ以外の理由はない。仮にほかに何か理由があったとしても、一戸前どのにそれを話して聞かせることに、意味はない。一戸前どのは、ご自分の務めを粛々と果たされよ。それが金のためなのか、ほかに事情があるのか、詮索《せんさく》する気もない。わたしは親としてなすべきことをなす。つまらぬことを気にかけられるな」

「気にかかるとわけを知りたくなる。わが性分なのです。このままでは、互いに望まずとも、後日、再びお会いすることになりましょうな。しかしわたしは、意味のないつまらぬ気がかりを残して、再び斑目どのにお会いしたくはないのです」

「ならば、やめればいい。やめることはできる。一戸前どのが決めることだ。わたしは右近の父親をやめることはできぬ」

「もっともです。引き受けるか断るか、決心がつきかねました。ですが、理不尽なことだと、思ったのです。理不尽がまかりとおるのかと。正義や道理がこちらにあると、言いたてる気はありません。ただその理不尽が、気にかかった。だから引き受けた。それ以外の理由は、わたしにもないのです」

新左衛門は、訝しげに顔をしかめた。

「どのような事情があったにせよ、右近どのは村人の深い恨みを買った。右近どのを評定の場にて、正しく裁きを受けさせる気はないのですか。一件が起こった事情を明らかにし、堂々と申し開きをし、罪は罪として、侍らしく潔く償わせる気はないのですか。そもそも、一件が起こったときにそうしておくべきだったことを、今からでもできるはずです」

「埒もない。知りもせぬ者が……」

低い声に、かすかな怒りがこもった。

「斑目どの、右近どのを庇いとおしたとしても、謹慎が明けたのち、これまでどおり、柳沢家に戻れるとお考えですか。村人は、右近どのと斑目どのへの遺恨を忘れはいたしますまい。のみならず、この一件で斑目家の庇護にすがったふる舞いは、斑目どのの存念が、柳沢吉保さまの臣下にではなく公儀旗本にあると、柳沢家ご家中の方々は気づかれたでしょう。斑目どのの心底には、二心があると」

新左衛門は沈黙をかえし、国包はなおも言った。

「もしも、ご実家の斑目家に戻られたとしても、斑目どのと右近どのは、ご実家の中でやっかいなお立場になるのは見えています。綱吉さまご侍従の柳沢吉保さまは、斑目家に対して冷淡になられるでしょうし、川越の村人らの動きによっては、小姓組番頭の斑目家が、去年の赤穂侍の吉良邸になりかねません。斑目どのと右近どのばかりか、ご家族がみな斑目家の重荷となって……」

するると、新左衛門は傍らに寝かせていた槍をつかみ、国包から目を離さぬまま立ちあがった。石突きを道場の板床に、がん、と鳴らした。

国包は端座をくずさず、新左衛門を見あげた。

五

新左衛門は、鞘に納めた槍先を国包へ差した。そして、

「刀鍛冶一戸前国包が、どのような素性の者か、どれほどの者か、わからぬならわからぬでよいのだ。わが前に立ちはだかる者は、打ち払うのみ」

と言った。それから、舞うように身を翻し、控えていた荒尾へ素槍を向けた。

「荒尾、これを預かってくれ」

「はい」

と、荒尾は俊敏に立ちあがり、素槍を受けとって左わきに携えた。

「おぬしは、ここで見ておれ」

新左衛門は平然と命じ、木槍や木刀を架けた道場の一角へ歩んでいった。

たんぽのついた木槍をつかみ、さらに木刀架けの木刀をとった。再び神棚を背に道場中央に進み出て、三間先の国包を見おろした。

「一戸前どの申し入れはうけたまわった。考慮に値せぬがな。次はわたしが申し入れる番だ。ひと勝負、所望いたす。斬り合いではない。試合稽古だ。いずれ、真

剣で相まみえることになるかもしれぬ。互いの腕を知っておくのも悪くはない。わたしは槍、一戸前どのはこれがよかろう」

から、と新左衛門の投げた木刀が、国包の膝の前で跳ねた。

新左衛門は木槍を三度しごくと、大きく一歩を踏み出し、身がまえた。

「剣の修行に夢中になっていた若きころ、神田明神下の神陰流大泉道場に、大泉寿五郎先生ですら敵《かな》わぬ、十代の天性の使い手がいるという評判を聞いた。わたしより、二つ三つ、歳が上だった。噂を聞いたが、関心を払わなかった。負けはせぬ。わたしは十代の半ばにして、そう思っていた」

新左衛門は、流れるように半歩進めた。

国包は端座した膝に両手をそろえ、動かなかった。

「名は国包。神谷兄弟から大泉道場にいた藤枝国包という男の話を聞いて、その名を思い出した。天性の使い手の、藤枝国包がくるのかと思ったとき、正直を言うと戦慄《せんりつ》を覚えた。なんという廻り合わせか、と思った。神谷は、刀鍛冶の一戸前国包とは別人と言っていたが、真偽を確かめたい。立たれよ。一戸前どのが、望んでこられたのだろう。今さら怖気《おじけ》づいたか」

うむ、と国包は吐息をついた。

「起こしてしまった事の、よりよき始末、よりましな始末があるのではないかと、思ってきたのです。もしかすると、槍の新左衛門と後日、お会いする事態にはならぬかもしれないと、考えたのです」

「何を今さら笑止。小知は菩提《ぼだい》の妨げぞ。誰にとってのよりよき始末だ。一戸前どのにとってのよりましな始末か。小知をひけらかし、深山の高僧にでも、なったつもりか。立て、一戸前どの」

「そうですか。仕方がありません」

国包は羽織を脱ぎ、それを二つに畳んで、傍らにおいていた菅笠と大刀の上に重ねた。さらに脇差もはずし、「十蔵、これを」と、押しやった。

「旦那さま……」

十蔵の顔に困惑がにじんでいる。

「試合稽古だ。大丈夫さ」

国包は、十蔵へ軽やかな笑みを投げた。

木刀をつかみ、立ちあがった。袴の股《もも》だちを、少し高くとった。悠然と一歩を踏み出しながら、正眼にかまえた。

「いざっ」

新左衛門が高らかに発し、また半歩進めた。

両者の間は、はや二間をきった。

新左衛門の木槍は、国包のすぐ目の前に迫っていた。すでに、ひと突きにできる間である。だが、木刀ではまだ遠い間である。

国包は、正眼を下段へゆったりとさげた。新左衛門が、膝をわずかにだがさらに折った。木刀が下段に止まると、二人は動かなくなった。

ひっ、ひっ、と小鳥がささやき、午前とは反対側の無双窓から、午後の日が道場の一隅に白い陽だまりを作っていた。邸内の静けさは、続いている。

気が漲《みなぎ》り、あふれ出るときがそのときである。

新左衛門が仕かけた。

「りゃあっ」

激しい雄叫びが、道場の静寂を引き裂き、たんぽのついた槍先が、国包の顔面に襲いかかった。

国包は木刀を下段に止めたまま、首をかしげた。ぶうん、と槍先が突きをよけた耳元でうなりをあげた即座、踏みこんで木槍を払いあげる。

が、それよりも早く槍はひき戻され、国包の払いあげは空へ流れた。

そのわずかの隙に、槍は新左衛門の頭上でひと旋回し、踏みこんだ国包の足下を横薙《な》ぎに再び襲いかかってきた。国包の動きより、はるかに敏捷《びんしょう》だった。

「ええい」

と、新左衛門の雄叫びがとどろいた。

木刀を上段へとりつつ、国包は飛びあがって横薙ぎに空を打たせた。そして降り立ったと同時に、木槍の柄へしたたかに打ち落とした。

かあん、と鳴った。

木槍の槍先が、床板にはずんだ。

新左衛門は、片手一本で槍をつかんで、一歩を退きながら半身になって引き戻した。そしてさらに一歩を退きつつ、木槍の石突きのほうから、追い打ちをかける国包の顔面へ叩きこんだ。

木刀と槍柄が荒々しく叩き合い、木刀が木槍の柄をはじきかえす。

新左衛門は、それを予期していたかのように即座に半身を逆に転じ、身を反転させる勢いのまま、今度は槍先を国包の肩へ叩きつけてくる。

身体を折り畳み、身体をなびかせ、国包は叩きつける一撃をかろうじて躱《かわ》した。

しかし、新左衛門の躍動は、恐ろしいほど俊敏かつ、きれ目がなかった。激しい急流のように続いた。

国包が懸命に身をたて直したとき、新左衛門はすでに槍を引き戻していた。

「たあっ」

雄叫びとともに、瞬時もおかず槍が襲いかかった。

かろうじて、それを払った。ぎりぎりの差だった。

払いあげた木槍が、宙に流れていく刹那《せつな》だった。

国包の右肩が震え、首筋の襟の布が引き千ぎれ、布きれが血飛沫のように飛び散った。強い衝撃に国包の身体はゆさぶられ、一瞬遅れて激痛が走った。

「おおっ」

荒尾が叫んだ。

十蔵は息を呑んだ。

国包は、ゆさぶられ斜行する身体を、床板を激しく鳴らして踏み締め、堪えた。

半身の形から、新左衛門の次の攻撃に備え、八相に身がまえた。

槍先は、打ち払われながらも、国包の首筋と右肩を、鋭くかすめていた。

木槍のたんぽではなく本身の穂先であれば、国包の肉はえぐれ、鮮血が噴いていただろう。

新左衛門はすでに槍を引き戻し、次の攻めに移る態勢に入っていた。

二人は対峙《たいじ》し、睨み合った。新左衛門は稽古着から湯気をたちのぼらせ、肩を満足げに波打たせていた。

だが、新左衛門は、次の攻撃にうつらなかった。

「一戸前どの、木槍で助かったな」

新左衛門は、皮肉をこめて言った。

「まことに、助かりました。稽古でよかった」

国包は、むしろ楽しげにこたえた。

新左衛門は、国包を嘲るように顔つきを歪めた。かまえを解き、木槍をわきに抱えた。手の甲で、額の汗をぬぐった。

「もういい。これぐらいにしておこう。ここで痛めつける気はない。一戸前どの、よい稽古であった。十蔵、疵の手あてをして差しあげるのだ」

「は、はい」

戸惑いながら、十蔵がこたえた。国包は、八相のかまえを解いて木刀をさげ、

「まことによい稽古でした。ありがとうございます。これはかすり疵です。放っておいても治ります。手あてをするまでもありません」

木刀をおかえしいたします——と、木刀を両の掌《てのひら》で肩の高さにかざし、新左衛門へうやうやしく辞宜をした。

新左衛門は進み出て、木刀をつかんで言った。

「一戸前どの、武芸は刹那の機を逃さぬ俊敏さと、機を捉《とら》えて加える一撃が、いかに鋭く的確かによって決まる。一戸前どのは、わたしの突きに間に合っていた。だが、それを打ち払えなかったのは、俊敏さと鋭い的確さを欠いていたからだ。刀の捌《さば》きが少々重いのではないか。今日のことを、糧《かて》になされよ」

「なるほど。よくわかりました。肝に銘じます」

「旦那さま、羽織を……」

十蔵が後ろから羽織をかけた。

国包は頷いた。痛みを顔に出さず、羽織の袖に腕を通した。

表番町の戻り道に、野良犬の群れはいなかった。昼下がりの日は、もうだいぶ西へ傾いていた。

「旦那さま、肩の具合はいかがですか」

十蔵が国包の背中に言った。

「ふむ。痛い」

国包は、背中でかえした。

「やられたな。刀の捌きが重いと言われたよ」

十蔵が、ふむ、と小声で頷いたのがわかった。

「ただの強さではない。恐ろしい使い手だ。十蔵、困ったぞ」

「強かったですな。困りましたな」

十蔵がかえした。

右肩の首筋のつけ根あたりをそっと押さえると、手にじんじんと伝わってくる痛みが感じられた。ううむ、とつい声を出した。

「痛《いと》うござるか。どこかで水をもらい、手拭《てぬぐい》を濡らして肩を冷やしますか」

「かまわぬ。我慢できる。それより、斑目新左衛門の腕前を、十蔵はどう見た」

「旦那さまより、動きが速《はよ》うございましたな。斑目どのは旦那さまより、強い」

「あの強い男と、十蔵ならどう戦う」

十蔵は沈黙した。考えていた。

前方の屋敷内の木の葉が、ひらひらと往来へ舞っている。それから、

「ひとつ、思ったことがあります」

と、背中に言った。

「斑目どのは、汗をかいておられた。あれしきの動きで、肩を波打たせ……旦那さまは敗れましたが、見た目は、平然としておられた。斑目どののあの俊敏な動きや鋭い攻めは、戦いが長引いても、続くのでしょうかな」

「斑目の次々と繰り出されるきれ目のない攻めをもう一度受ければ、防ぎきれぬと思っていた。相打ちを考えていた。ところが斑目は、攻めかかってこなかった。呆《あっ》気《け》なく、収めた」

「謹慎で長い間屋敷に閉じこもり、身体がなまっておるのですかな」

「斑目はほぼ毎日、道場ですごしていると、荒尾は言っていた。鍛錬に怠りないと思うのだが」

「もしかすると、どこか具合でも悪いのでは。あの様子、もしかしたら江戸煩《わずら》いでは……」

「江戸煩い？」

「はい。脚の気でござる。以前、あのような症状を見たことがあります」

国包はこたえなかった。

斑目は、あの三間の素槍を縦横に揮い、間断なく攻めかかってくる。始まりの連続して繰り出される攻めを防ぎきれば、と西日の射す往来の先に枯れ葉の舞う様を眺めながら、国包は考えた。

六

十日目、いよいよ焼き入れである。

焼き入れの一瞬で、刀の成否は決まる。刀が誕生し、刀とそれを持つ人の物語が始まる。それまでは、刀はまだ刃鉄である。

焼き入れの日は、己《つちのと》か庚《かのえ》の日がよく、丙《ひのえ》、丁《ひのと》の日はさける。

焼き入れの前に、《焼刃土》を刃鉄の《平》に薄く《置き土》をしていく。焼刃土が垂れ落ち、薄い小さな土手を胴体にまといつける。

それを、炭火の熱で乾かした。

「清順、炭をもっと入れろ」

「はい」

国包は水ぶねに手を入れ、冷たさの加減を確かめた。

冬の朝は、凍えるほど水が冷たくなっていた。

「千野、少し湯を加えよ」

「はい」

千野と清順が、機敏に動いた。

国包は、ふいごの取っ手を動かしている。ふいごが送る風が鳴るたびに、炎は赤い輝きを増す。焼き入れまでくれば、二人の弟子は、師匠の焼き入れを見守ることが修業である。

刃鉄を鋏《はさ》み、火床へ差し入れた。

国包は、火床の刀の赤い輝きの度合いに目を凝らした。

このときはいつも、さあ、こい、と国包は思う。

刃鉄が赤い輝きを放った。だが、沸きたつ赤さではない。控えめな静かな赤に染められた、というほどである。最後のその一瞬、刃鉄を熱しすぎてはならない。

そして、その一瞬はくる。

国包は赤い刃鉄を火床より抜き出すと、水ぶねへ速やかに投じた。

水が沸きたち、白い湯気が噴きあげた。

噴きあげる湯気の音は、刀が誕生する産声である。刃鉄は、水ぶねの中で与えられたおのれの命を確かめるかのように、ゆっくりと身を反らせてゆく。滑らかな肌に妖《あや》しげな刃紋を浮きあがらせてゆく。

長く苛烈《かれつ》な鍛錬を終え、銀色に輝く美しい刀身となって、水ぶねの中に静かに身を横たえるのである。その瞬間、国包に言葉はない。

若い弟子の千野と清順は、言葉にならぬ厳かな一瞬に胸を打たれるだけである。

国包は生まれたばかりの刀の、反りや歪みをわずかに整えた。

それから、なかごに綺麗《きれい》に鑢《やすり》をかけ、目釘《めくぎ》穴をあけた。《武蔵国包》の銘をきり、名を与えた。

坊野享四郎が鍛冶場を訪ねてきたのは、《鍛冶押し》で最後の仕あげの荒研ぎにかかっていたときだった。

坊野は、羽織袴の扮装《ふんそう》に山岡頭巾《やまおかずきん》で顔を隠し、供も従えていなかった。

清順が鍛冶場の外の小路に立った侍に気づき、「師匠」と国包を促した。国包と千野が目を向けると、

「一戸前どの、先だっては」

と、鍛冶場に入ってきて頭巾をとった。

「おう、これは」

国包は会釈を投げ、荒研ぎを続けた。

「精が出ますな」

「はい。武蔵国包の刀を望まれる方々がおられます。おろそかにはできません」

「よき心がけでござる。それでこそ匠《たくみ》だ」

坊野は言いながら、鍛冶場を見廻した。

「坊野どの、最後の仕あげにかかっており、ほどなく終わります。部屋のほうでお待ちください。終わり次第、うかがいます」

「相わかった」

「千野、お客さまを部屋に案内せよ。それから、十蔵にくるようにと……」

四半刻《とき》後、国包は荒研ぎを終え、急いで着替えを済ませた。十蔵とともに、坊野を待たせている部屋へいった。

部屋は十畳の広さで、床の間と床わきがあり、両開きの腰障子の外に濡れ縁と沓《くつ》脱ぎ、板塀に囲まれた狭い庭がある。板塀の向こうに隣家の板屋根が見える。

この住まいは、先々代の一戸前兼満のときに建てられ、兼貞の代になって火事に遭って焼けたあと、建て替えられた。兼貞はその折り、刀鍛冶らしく書院ふうの部屋に造り変えた。もう五十年近くがたつ、古い住まいである。

床の間を背に、坊野は着座している。

鍛冶場のほうから、千野と清順が稽古打ちをしているらしい鍛錬の音が聞こえてきた。若い弟子は、槌音までが瑞々《みずみず》しく感じられるのは気のせいか。

「日どりが決まりました。それをお知らせにまいったのでござる」

と、坊野はきり出した。

「この二十日、わが殿の甲府城主に封ぜられるご沙汰が、内々に決定いたす。正式のご沙汰は年が明けてからになりますが、内定のご沙汰は今月二十日と心得ておくようにと、わが殿が上さまより直々のお言葉をいただかれた。われら、家臣にとっても、これ以上の誉れはござらん」

坊野は、少々昂揚《こうよう》した口調で言った。

国包は短く祝意を述べたが、めでたい気持ちにはなれなかった。

「殿のお言葉が当日、斑目家の右近に伝えられ、右近が番町の屋敷を出て甲府へ向かうのは、二十一日。遅くとも二十二日になるはず。おそらく、斑目新左衛門どのも一緒でござろう。ただし、甲府へは必ず隠密にと殿のご指示を伝えておるゆえ、荷運びの下男か中間は伴っても、警護はおそらく斑目どのひとり」

国包の脳裡《のうり》を、黒塗り柄の三間の道具がよぎった。あの男は、槍ひと筋でたち向かってくるだろう。やれるのか、という思いが先にたった。

「場所と手だては、一戸前どのにお任せいたす。だが、こちらも大事にならぬように、ひきいる手勢は抑えてもらいたい。むろん、速やかに事を終わらせるために要り用の人数はいたし方ないが。一戸前どの、どれほどの手勢をひきいていかれるおつもりか」

「手勢は、この十蔵です。われらは二人です」

控えている十蔵が頭を垂れた。

「二人で？　それだけで、できますか」

「わたしは浪人者です。手勢など、元々おりません。見張り役や伝言役などをともなっていきますが、身内の者です。身内の者にも、伝えておりません。先だっての話では、誰にも知られず事を運ぶようにと仰られた」

「そうでないと困る。わが殿にもかかわりのある事態ゆえ」

坊野は声をひそめた。

「それゆえ、身内の者だけで事を図るつもりでした」

「ならばそれで、進めていただきたい。一戸前どののほどの腕前であれば……」

「ところで、坊野どの。斑目新左衛門は、わたしを知っておりましたよ」

「えっ？　し、知っていた？　知っていたとは、一戸前どのと斑目どのが、お知り合いの仲だったのでござるか」

「そうではありません。わたしが右近の命を狙う刺客に雇われたと、斑目新左衛門が知っていたのです。お身内に、斑目どのに内通している者がいます。ただし、坊野どのや柳沢吉保さまの名が出たわけではありません。どうやらわたしが、川越領の村人に雇われたというふうに、斑目新左衛門には伝わっておりました。先日、不審な侍らがこの住まいの周辺に現れたのです」

と、国包は斑目新左衛門を訪ね、試合稽古にまでいたった経緯を語った。

坊野は眉をひそめ、沈黙していた。

「この一件が、どういう筋からもれているのか、おわかりになりませんか」

「百姓らが刺客を雇うなどと、あり得ぬ話だ。先夜も申しました。ご侍従という殿のお立場上、このたびの一件は、表沙汰に断じてできぬのです。このくわだては、百姓らの不穏な動きをなだめるためにこうするのはどうかと、殿が言い出された。殿とそれがし、それと今ひとり、斑目どのに殿の意向を伝える下地了右衛門という殿の側近を務める重役の、三人しか知らぬことでござる。柳沢家の家中で、一戸前国包どのの名を知る者は、われら三人しかおりません」

坊野は、周囲を見廻すように首を左右へ向けた。

「内通した者は、どこから一戸前どのの名を知ったのでしょうな。百姓らと一戸前どののつながりの説明は、どのように辻褄《つじつま》をあわせたのでしょうな」

「わたしにも、なぜわたしの名が知られたのか、解せません。坊野どの、内通者がおるこのくわだては、無理なのではありませんか。斑目新左衛門は、右近の命が刺客に狙われていると知っていて、本当に、斑目屋敷を出るでしょうか。違う手を講ずると、思われませんか」

「それはない。斑目右近が斑目家に身を隠し、斑目家の庇護にすがってこのまま処罰を免れる事態になれば、遠からず、百姓らを抑えきれなくなるのは目に見えている。斑目どのはそれがわかっておるし、実家の斑目家も右近の処遇をもてあましておるのです。殿は右近の甲府いきを命じ、斑目どのはすでに承服しておる。甲府へ右近を逃すしか打つ手はないのです。しかし、ほかに打つ手がないのは、こちらも同じでござる」

　よって、甲府いきの道中で右近を……

　というのが、坊野のくわだてだった。しかも、大きな騒ぎにならぬよう小勢で、速やかに、でなければならなかった。

「繰りかえしますが、一件が表沙汰になり、ましてや、わが川越領の百姓らによって、去年の赤穂侍と同じ討ち入り騒ぎが起こされれば、わが殿のお立場が損なわれるどころでは済まぬ。柳沢家は改易になる恐れすらあり、右近を庇った斑目家とてただでは済まぬことに相なります。断固、そのような事態は阻止しなければなりません。殿の御ためばかりでなく、お家安泰は家臣一同のためでもあるのです。おわかりいただけますな。一戸前のに、やっていただかねばならんのです」

「内通者はどうしますか。斑目新左衛門が用心して甲州道をとらなかったなら、ご依頼の務めを果たすも果たさぬも、そもそも手の出しようがありません」

国包が言うと、まさか、という顔つきを坊野は見せた。

「そのときは、仕方がない。次の手を考えるしか、ござらんな。とも角、こじれた糸の結び目はきり捨てるしかないのですから」

「こじれた糸の結び目をきり捨てるため、また新たに刺客を放つのですか」

「ほかに手がござるか。右近は愚かな過ちを犯した。これだけは庇いようがない。それを、斑目どのは無理押しに庇っておる。吉保さまの家臣であれば、右近の厳正なお裁きをと申し出るところを、実家の斑目家の庇護を求めて右近を庇い、事をこじらせた。あの御仁は、柳沢家に仕えながら、心底は公儀旗本なのです。上さまの裁断なら仕方がないが、新参の柳沢家ごときの裁きは受け入れられぬと、思っておるのです」

そうだろうか、と国包は訝しんでいる。

「ですから、右近さえ消えれば、すべてが丸く収まるのです。神罰でござる。災難であれ、病であれ、なんであれ、右近に神罰がくだされれば、百姓らにとっても、柳沢家にとっても、一方の旗本斑目家にとっても、ご公儀の天下泰平にとっても、すべてが元どおりでござる」

「柳沢吉保さまが甲府城主に封ぜられる内定が、覆ることもないでしょうな」

「さよう。殿のご出世は家臣一同の誉れでござるゆえ。それを、右近ひとりに邪魔させるわけにはいかぬ。それが、無道と思われますか？」

坊野は唇を結び、国包をひと睨みした。

国包は、「いえ」とこたえた。

「右近が江戸をたつのは、二十一日か、遅くとも二十二日ですね」

「殿より、斑目どのにそうせよとお命じになります。間違いない」

「では、われらは……」

国包は呟《つぶや》きつつ、斑目新左衛門がどこまでこのくわだてをつかんでいるのか、内通者はどこまでそれを伝えたのかを、考えた。

新左衛門は、国包が川越領の百姓に雇われたと言っていた。

ということは、右近の甲府ゆきを国包は知らないと、新左衛門は思っている。

そうだとしても、新左衛門ほどの男なら用心を怠るはずがないし、内通者の知らせが新たに入るかもしれない。

新左衛門は、何があっても右近を護り抜く覚悟でいる。

吉保さまの命令で、右近の身をひそかに隠すため新左衛門と右近は、こっそりと斑目家の屋敷を出て甲府へと向かう。

ひそかな行動のため、右近の警護役は目だたぬよう、神谷寛十郎と幸次郎兄弟、おそらく荒尾重太を従わせるだけになるだろう。道中は、新左衛門が槍持ちの中間を従え前をゆき、右近、神谷兄弟、そして荒尾があと備えにつく。

そして、間違いなく甲州道をゆくだろう。万が一、国包が現れても、堂々と打ち払って見せる。

おれが新左衛門ならそうする、と国包は考えた。

鍛冶場から、途絶えていた槌の音が、また小気味よく聞こえてきた。

「あ、そうか。もしかすると、一戸前どののお名前は……」

坊野が、膝を打って言った。

「友成数之助さまからもれたのではないか。いや、このくわだてを損ねる意図があってではなく、つい、親しき者にもらしたとか」

「そうだとすれば、きり捨てようのないこじれた結び目となりますね」

国包は、思わず笑った。

七

その月の二十日夕刻、下地了右衛門が表番町の斑目屋敷に、斑目新左衛門と右近親子をひそかに訪ねてきた。

主屋の一室で、新左衛門と右近は、下地より内々のご沙汰をうけたまわった。

「本日、柳沢吉保さまが甲府城主に封ぜられることが、きまり申した。われら、家臣一同、まことに祝着に存ずる」

平身している新左衛門と右近に、下地は淡々と言った。

「そこで、かねてよりお伝えしていた右近どのの甲府ゆきの件だが、明日二十一日、遅くとも二十二日には出立いたすようにと、殿のお言葉でござる。右近どのは未《いま》だ蟄居謹慎の身であるゆえ、使用人らの目にもつかぬように気をつけることは言うまでもないが、右近どのの甲府ゆきは、家中のご重役方でさえ知らぬ事ゆえ、誰にも知られてはならぬ。道中の供廻りの数は極力抑えて、隠密に頼みますぞ。よろしいな」

新左衛門は平身のまま、沈黙していた。

けれども、右近は平身の姿勢をとりつつ、殿のご命令に家臣の身で不承知を唱えることなどできないが、内心の不満を隠さなかった。

下地は、肝心の御用を伝えると、少しくだけた語調になった。

「この間《かん》、殿はお心を痛めてこられました。殿のご心痛のご様子は、傍《はた》から見ていても、おいたわしいほどであった。右近どのが甲府へいかれれば、これでやっと一段落です。殿も安堵《あんど》しておられます。この先、まだひと山ふた山あるとしても、来年、殿が甲府城主に封ぜられるころには、落着いたしておるでしょう」

「殿のお心をお悩ませいたしました事、新左衛門、心よりお詫《わ》び申しあげます。のみならず、ありがたきご配慮を賜《たまわ》り、感涙にむせぶ思いでございます。右近ともども、殿のご恩に報いるべく、身命を賭《と》してお仕えいたす所存です」

新左衛門は、ようやく重々しくかえした。

「それでよろしかろう。こののちは、蟄居謹慎が終わるまでの間に、右近どのの葬儀とお家へ届けを出していただく段どりになります。そうなれば、百姓どもも諦めて、遺族への弔慰金などの示談とならざるを得ない。弔慰金についても心配は要りません。殿が勘定方に、用意するようにと命ぜられますので、示談が終われば一件落着でござる」

「いき届いたお気遣い、痛み入ります」

「右近どのは、名を変え、それこそ別人に生まれ変わって、改めて殿にお仕えなさればよろしいのだ。これからは甲府が、右近どのの生国となります。新しき道を歩み始めるのでござる。めでたい事だ」

右近は黙って、小さくうな垂れていた。

「右近、下地どのにお礼を申しあげよ。下地どのにも、ご足労をおかけした。まことに、ありがたいことだ」

新左衛門が促した。

しかし、右近は物思わしげに眉間に皺《しわ》を寄せていた。唇を強く結び、何も言わなかった。「右近……」と、新左衛門が語気を強めた。すると、

「なぜ、わたしが甲府へ、いかねばならぬのですか」

と、顔をあげずに吐き捨てるように言った。

下地が、唖然《あぜん》、となった。

「今さら、何を申す。そんなことが、わからぬのか」

「わたしは、甲府へはいきたくありません。わたしは、江戸で生まれ江戸で育ちました。甲府のような山国は、わたしの性に合いません」

「主君に仕える侍が、性に合わぬだと。それが侍の言うことか。戯《たわ》けたことを、申すな」

「わたしの主は上さまです。上さまが江戸におられる限り、江戸を離れたくありません。わたしは江戸で、上さまをお護りいたします。父上、わたしを伯父上の養子に出してください。わたしはこののちもずっと斑目右近として、この斑目家の屋敷で暮らします」

「馬鹿者っ。われらが殿になんという無礼を申すか。なんという不忠なことを申すか。ならば、もうよい。侍らしく、ここで腹をきれ。武器も持たぬ百姓をいたずらに斬り捨て、殿に多大なるご迷惑をおかけしておきながら、何をぬけぬけと。まことに不届き千万。侍ならば、腹をきってお詫びせよ」

新左衛門の怒声が、屋敷中に響きわたった。

右近は、垂れた頭をあげられなかった。

「あれは、百姓どもが悪いのですよ。殿のご意向にそむき、頑固で、愚かな者らなのです。百姓どもの不遜《ふそん》なふる舞いをたしなめたのに、言うことを聞かぬから、成敗してやったのです。わたしは、父上の言いつけどおり、厳しく、厳正に臨んだだけではありませんか。殿にご迷惑をおかけしたのは、百姓どもです。わたしは、間違ったことはしていません」

右近は声を甲走らせた。

「おのれ、まだ言うか。なおれ」

新左衛門は激昂《げっこう》し、右近の首筋を、太い腕で押さえつけた。右近は逆らえず、首筋を押さえつけられた格好で、両手を畳についた。

「おまえが腹をきらぬなら、わたしが討ち果たす」

と、脇差に手をかけた。

「新左衛門どの、落ち着かれよ。右近どのもそれ以上、申されるな」

下地が、冷めた口調で二人を止めた。新左衛門の手が震え、肩が波を打った。やがて、怒りを抑え、新左衛門は右近から手を離した。

「面目ござらん。お許しください」

新左衛門は、頭を垂れた。

「いいのです。右近どのの江戸を離れたくない気持ちは、わからんではない。だがな、右近どの。甲府は山国ではござらん。江戸より山を越えてゆきますが、広い盆地でござる。石高も十五万一千石余。川越領の倍以上の大大名の城下ですぞ。しかも甲府は、江戸の西の守りの要《かなめ》であり、徳川ご一門しかご城主にはなれない領国なのだ。すなわち、わが殿吉保さまは、松平の名を許され、徳川ご一門に列せられ、甲府城主となられるのです」

右近は、頭を垂れ、顔をそむけていた。

「殿にお仕えするということは、徳川ご一門の家臣として、甲府を護り、ひいては江戸の上さまをお護りするのと同じことに、なるのではござらんか。わが殿にお仕えすることは、上さまにお仕えするのも同然なのでは……」

新左衛門が、深いため息を吐いた。それから言った。

「右近、もうよい。退《さが》っておれ。誰にも何も言わず、旅の支度にかかれ。自分の手でやるのだぞ。侍は、おのれのふる舞いの責めを負うから、侍なのだ。それを肝に銘じよ」

右近は、畳についた手をあげなかった。苦汁を嘗《な》めるかのように、顔を歪めて沈黙した。だが、その沈黙が堪えきれぬかのように荒々しく座を立ち、何も言わずに廊下を鳴らし退っていった。

「情けない。あれでもう二十歳でござる。お恥ずかしいが、まだ子供だ」

「親の苦労子知らず、ですからな。ですが、それは仕方がない」

新左衛門は、確かに、右近ひとりのせいではない、と思った。

「下地どの、じつは先日、百姓どもが雇った刺客の、一戸前国包という男に会いました。一戸前国包のほうから、この屋敷へわたしを訪ねてきたのです」

下地は、「えっ」とひと声発したばかりで、あとの言葉が続かなかった。

「どのように、あるいはなぜ、誰の手引きで百姓らの頼みを受けたのか、よくわからぬ人物であった。ただし、金で刺客を引き受ける人物とは思えなかった。下地どの、所詮は江戸の町家で営む自由鍛冶が、遠く離れた川越領の百姓らと、どういうかかわりなのでござるか」

「それは、申しあげられぬ。ある人物に差し障りがあると、前にも申したでござろう。で、一戸前国包は、なんのために斑目どのを、訪ねてきたのか」

「あの男は、このたびの一件の経緯《いきさつ》を、ほぼ、知っておりました。わたしが、種田流の槍を使うことも、わたしが右近の命を護るために、戦うであろうこともです。それゆえ、右近の命を差し出せ。さすれば、戦わずに済むと、わたしに言いにきたのです。一戸前国包は、ただの刺客ではないこと、金で雇われたただの人斬りではないことだけは、確かだ」

「それだけでござるか。一戸前国包は、ほかに何か言いましたか」

新左衛門は、鋭い眼差しを下地へ向けなおした。

「ほかに何か差し障りが、あるのですか」

「ほかに差し障りなど、何もござらん。あったとしても、わたしは知らん。わたしとて、一戸前国包がどういう男か、表向きは弓町で刀鍛冶を営んでいるということ以外は知らんのです。会ったこともない。むろん、素性も知りません。ある人物から、相当の使い手と、聞いているだけでござる」

「まことに、恐ろしいほどの使い手だった。紙一重だった」

新左衛門が呟き、下地は怪訝《けげん》な眼差しをかえした。

「まさか、立ち合ったのでござるか」

「木槍と木刀で、試合稽古をいたしました」

「試合稽古を？　勝敗は……」

「稽古です。勝敗など。それより、下地どの、一戸前国包は本当に、百姓らの頼みを受けた刺客なのですか」

「どういうことで、ござるか」

「一戸前国包と会ってから、気にかかってならぬのです。あの男と川越の百姓どもが、わたしの中ではどうしても結びつかぬのです。もしかしたら、百姓らの頼みを受けたということを装って、ご家中のどなたかが、あるいは、何も知らぬはずのご重役方が、裏で右近の始末を画策し、一戸前国包を刺客に雇ったのではありませんでしょうな」

「な、何を言われる。とんでもない邪推だ。同じ殿の家臣ではないか。そんなことをするわけがない」

「邪推であってほしいものだ。だが、百姓らの不穏な動きを抑えるためには、右近さえ始末すれば、それがお家のため、殿の御ためと考える輩《やから》が、百姓らの名を借りて刺客を放つという手だては、あり得るのではござらぬか。例えば、目付頭の坊野享四郎どのなら、考えそうなことだ」

「知らん。知らん知らん。そんな話は、聞いたこともない。右近どのに遺恨を抱く百姓どもが、謀っておるのに違いない」

「さようか。あの男、どういう素性だ。どこの誰だ。かかわりもない事に、なぜ首を突っこむ」

い出した。

新左衛門は、虚《むな》しく考えた。それから、国包が「理不尽……」と言ったことを思

それがなんだ、と新左衛門は思った。

「下地どの。家中でわたしの味方は、下地どのとわが殿、お二人だけだと思ってい

る。お二人しか、信用がならぬ。何とぞ、ご助勢願いたい」

「もも、もちろんですとも。これからも……」

「右近の甲府ゆきについては、甲府まで、わたしが同道いたす。よろしいな」

「それは殿もご承知でござる。新左衛門ならそうするであろう。新左衛門の思うと

おりにさせてやれ、と殿は仰っておられます」

「ありがたきことです」

「ですが、くれぐれも、誰にも知られぬように、留意を願いますぞ。右近どのを甲

府へ逃したと百姓どもに知られたら、何もかもが水の泡ですからな」

「心得ております。ただ、道中、また甲府へ逃れてからのちも、どのような不測の

事態が起こらぬとも限りません。右近の警護役としてほかに三名をつけ、ともなっ

てゆきます。ご承知おきを」

「すると、道中は右近どのの警護役に、斑目どのを入れて四人ということでござる

か。それぐらいなら目だつこともない。よろしかろう。それぐらいなら」

下地が言ったときだった。

不意に、新左衛門に虫が知らせた。

「ああ、あの男は……」

と、新左衛門は呟いた。

「うん？　何か」

下地が訊きかえした。

新左衛門がじっと目を据えると、下地は戸惑いを浮かべて、その眼差しをそらした。新左衛門の腹の底から、おのれ自身の声が聞こえた。

あの男は、右近の甲府ゆきを、知っているのだ。知っているから、後日、会うかもしれぬと言ったのだ。道中のどこかでと。

だとすれば、右近の甲府ゆきは、百姓から姿をくらますためというのは口実にすぎず、右近を斑目屋敷から出し、あの男の待ちかまえる場所へ右近を向かわせる狙いで仕組まれたのだ。

だとすれば、それを仕組んだ者は、その方の意向を受けているのだ。だとすれば、その方はわれら親子に死ねと……

第三章　玉川原

一

柳沢吉保の甲府城主に封ぜられる内定のご沙汰が伝えられる二十日より五日前の十五日、まだ夜の明けぬ早朝、国包と十蔵、千野、清順の四人は、富未と小女のお駒に見送られ、弓町の店を出た。国包と十蔵は羽織袴《はかま》の旅姿に帯刀し、千野と清順はともに郎党の旅拵《ごしら》えにして、背には柳行李《やなぎごうり》を背負った。

妻の富未には、川越城下のある刀鍛冶に技術の練磨のために会って教えを乞《こ》いたいため、供の十蔵のみならず、弟子の千野と清順もともなっていくと言った。

しかし四人は、江戸市中で二手に分かれ、十蔵と清順親子は四谷から新宿《しんじゅく》、新宿追分を甲州道へ折れて府中宿を目指し、国包と千野は、小石川《こいしかわ》より大塚《おおつか》をへて、川越道をとった。

国包と千野が、街道が上板橋《かみいたばし》の手前の、中山道《なかせんどう》の主駅である下板橋《しもいたばし》宿へ分かれるあたりに差しかかったころ、東の夜空の果てに青味を帯びた帯がかかり始めた。

国包は持ちあげた菅笠《すげがさ》の彼方《かなた》に、夜明け前の青い帯を眺め、弓町の店を出てから黙々と後ろに従っている千野を見やった。

千野は、くくり袴に菅笠を目深にかぶり、黒の手甲脚絆《きやはん》、黒足袋《たび》に草鞋《わらじ》、腰には脇差を一本帯びた郎党のような扮装《ふんそう》で、柳行李を連尺の荷縄で肩に背負っている。

「千野、おまえと旅をするのは、初めてだな」

と、国包は千野に言った。朝の冷えこみが、国包の息を白くした。

千野は足を止め、国包が言葉をかけたことを意外なふうに見かえした。化粧もせず、若い艶《つや》やかな肌を鍛冶《かじ》場仕事で朱色に染めているのが、少々痛々しく感じられた。背丈は男子並みに高い。力も娘とは思えぬほど強い。

だが、身体つきはやはり娘である。娘らしく装えば、目を瞠《みは》るほどの器量になるのはわかっている。童女のころは、千野を見ていて飽きなかった。

器量は母親似でよかった。気性がおれに似たか。頑固で、融通が利かず、生き方が下手である。父親として、これでよいのかな、とかすかな後ろめたさを、このごろ国包は覚える。

「父《とと》さまは、旅をしたことがあるのですか」

千野は歩みを止め、鍛冶場では《師匠》だが、鍛冶場の外では子供のころから呼び慣れた《父《とと》さま》と国包に話しかける。父さま母《かか》さまの呼び方は、母親の富未が子供のころからそうしていたからである。

「ない。父《とと》は江戸を出たことがない。江戸しか知らぬ」

「なんだ。旅をするのが初めてなのではありませんか」

菅笠の下の千野の顔つきが、暗がりの中でもゆるんだのがわかった。

「まあ、そうだ」

「母《かか》さまとも、ないのですか」

「ないな。母《かか》も、江戸しか知らぬと思うぞ」

国包は千野に背中を向けて歩み始め、千野が従いながら、くすくす笑いをしているのが聞こえた。

「だが、旅をしたいとは、思っていた。伊勢に、父の父さまと母さまがいる。つまり、おまえの祖父《じい》さまと祖母《ばあ》さまだ。伯父《おじ》さまの一家と暮らしている。いつか、母と千野を連れていくつもりでいた。それを、未《いま》だに果たしていないのが心残りでならぬ。刀作りに追われてな」

「では、仕事が一段落したら、母さまとわたしを伊勢へ連れていってくだされ」

「そうしよう。一段落したら、そうしよう。それから……」

国包は、しばし考えた。

「伊勢へいったら、ついでに、上方の河内という土地の、枚方村へもいってみたいと思っている」

千野は黙っていた。

「枚方村は、父の祖父さまの生まれた村だ。祖父さまは包蔵という名の、枚方村の鍛冶屋だったそうだ。千野の曾祖父《ひいじい》さまだ」

「曾祖父さまは、刀鍛冶ではないのですか」

「鍬《くわ》や鋤《すき》や、鎌や鉈《なた》や斧《おの》などを作る村の鍛冶屋だ。だが、祖父さまは大坂の陣の折り、大坂方の兵になって、徳川方と戦ったそうだ」

「大坂の陣とは、遠い昔の、豊臣方が徳川さまにそむいた戦ですね」

「徳川方から見ればそうなる。だが、豊臣方から見れば、徳川方にしたくない戦をしかけられたのだ」

「曾祖父さまは、徳川さまの敵だったのですか」

「そうだ。祖父さまは徳川方と戦って敗れ、そののち、江戸に出て徳川さまの家臣になった。どういう経緯《いきさつ》があったかは知らぬ。旗本の友成家が、曾祖父さまの一門だ。友成家は今もある。親戚《しんせき》づき合いはない。殆《ほとん》どな」

国包は、曖昧《あいまい》に言葉をきった。

「以前、母さまから聞いた覚えがあります。父さまは、元は徳川さまのお旗本の血筋だと……」

「そのとおり。もっと元をたどれば、枚方村の鍛冶屋の血筋でもある。千野は、旗本の血筋はよいが、村の鍛冶屋の血筋ならいやか」

「いいえ。わたしは、町家の刀鍛冶の娘ですから」

あは、と国包は笑った。

「よく言った。父は、祖父さまに気性が似ていると、わが父さまに言われた覚えがある。しかし、祖父さまのことはよく覚えていない。離れて暮らしていたし、父が十三歳のときに亡くなった。だから、よく覚えていない。祖父さまの生まれ育った枚方村は、どんな国だろう、どんな空があり、野や川や山があり、どんな人々がいるのだろうと、時どき思うことがある。村に祖父さまの縁者がいるかもしれない。一度、いってみたい」

「わたしも、いきます。きっと母さまも……」

「ふむ、千野と母と一緒にいこう」

国包は、背中でこたえた。

「父さま、十蔵おじと清順は、どこへ出かけたのですか。川越の刀鍛冶を訪ねるのではなかったのですか」

千野が訊《き》いた。

「十蔵と清順とは、明後日《あさって》、府中宿で会う手はずになっている。われらは刀鍛冶を訪ねるのではない。川越領の中赤坂村の名主に会う。ある仕事を果たすために、会っておきたいのだ。母にも話してはならぬ隠密《おんみつ》の仕事だから、刀鍛冶を訪ねると言った。千野と清順は、この旅に連れてきたくはなかった。あぶない仕事だ。だが、おまえたちの力を借りたい。それがどんな仕事か、おいおい話す」

国包が言うと、千野はそれ以上訊《たず》ねなかった。

父と娘は沈黙し、草鞋の音だけを静かに鳴らした。旅を急ぐ父と娘のほかに、街道に人影はなかった。ただ、次第に薄青く白み始める冬空の彼方に、鳥の群れが鳴き騒いでいた。

上板橋宿をすぎて下練馬村《しもねりま》に着いたころ、日が東の空の果てを離れた。下練馬村には馬継があって、荷馬の砂埃《すなぼこり》がたち、旅人の賑《にぎ》わいが街道筋に始まっていた。

次が白子《しらこ》宿、膝折《ひざおり》宿、大和田《おおわだ》宿をすぎて柳瀬《やなせ》川の土橋を渡った。日が高くのぼって朝の寒さはやわらぎ、ほんのりと汗ばむほどだった。

道端の出茶屋で茶を頼み、富未の拵えたにぎり飯を食った。

次の大井《おおい》宿まで二里、大井宿から川越城下までは二里半の街道が、田畑の間に延び、樹木に覆われた丘陵地の先へ続いている。

「今宵《こよい》は川越城下ではなく、大井宿に宿をとる。おそらく明日《あした》、中赤坂村の村名主と会うことになるだろう」

国包は、にぎり飯を子供のように頬張っている千野の横顔に言った。

「川越城下には、いかないのですか」

「中赤坂村へゆくには、大井宿が近い」

千野は「わかりました」と、綺麗《きれい》な横顔を頷《うなず》かせ、江戸の町家とは違う初めて見る田園の景色を見やっていた。千野は見知らぬ景色に、若い好奇心をそそられていた。その無垢《むく》な様子に、国包はほのかなせつなさと憐《あわ》れみを覚えた。

おれはよき父親とは言えぬな、と思った。

日の落ちるだいぶ前に大井宿に着き、宿をとった。

「事が済めば、すべてを打ち捨てて、速やかにその場をたち去られよ。もしも、村役人や陣屋の役人らに咎《とが》められた場合は、くれぐれも一件の事情は語らず、柳沢家目付頭の坊野享四郎に問い合わせるように、と言ってくだされ。あとの始末は、委細こちらに任せるように。よろしゅうござるな」

　坊野は、しつこく念を押した。

「ただし、一戸前どのが倒された場合は、表だっては、柳沢家はいっさいかかわりは持たぬことになりますので、ご承知願いたい。後日、友成数之助さまをとおして手あてさせていただくゆえ。それも、よろしゅうござるな」

「それで、けっこうです。ところで、坊野どのにお願いがあります。二十日までにはときがあります。中赤坂村の名主に、会えるよう、手配していただけませんか。川越領の村人らの言い分を、聞いておきたいのです」

　国包は坊野に言った。

「名主から言い分を聞いて、どうなさるつもりでござる」

「どうもしません。理非曲直を、質したいのではありません。斑目新左衛門と言葉を交わし、確かめました。あの男は、何があろうと倅《せがれ》の右近を護《まも》る存念です。できれば、村人の存念も確かめておきたいのです。それがわが一個の存念です。他意はありません。他言もいたしません」

坊野はためらっていた。が、ふん、と鼻先で笑い、

「一戸前どのの存念はよくわからんが、さようか。仕方がない。名主から話を聞くぐらいなら、まあ、よかろう」

と、折れた。そして、その場で坊野享四郎の名を記した添状を認《したた》めた。

「中赤坂村へゆくには、宿は大井宿が近い。名主の惣右衛門《そうえもん》を訪ねれば、よろしかろう。事情を話さずとも、この添状を見せ、坊野の依頼を受けた者と申されれば、惣右衛門ならわかるでしょう。百姓らの信頼を集める長老でござる。惣右衛門にお訊ねなされ」

坊野から、添状を手わたされた。

翌日、国包と千野は大井宿から中赤坂村へ向かった。

名主の惣右衛門は、目付頭の坊野享四郎の添状を持って現れた国包と千野に、戸惑いを隠さなかった。坊野の添状を読み、国包が「坊野享四郎どのより依頼を受けた者です」と言うと、

「依頼を？」

と、国包から千野へ、戸惑いをにじませた顔を向けた。

二人は主屋《おもや》の客座敷に通され、茶と干し柿のもてなしを受けた。

しばし待たされたのち、惣右衛門は数人の村役人をともない、客座敷に現れた。

「一戸前国包と申します。江戸は京橋南の弓町にて刀鍛冶を営んでおります。これはわが弟子でありわが娘でもあります千野と申します。本日は……」

と国包は、突然訪ねた非礼を詫《わ》び、用件を伝えた。

惣右衛門と村役人たちは、二人に訝《いぶか》しげな眼差《まなざ》しを投げつつ、ささやき声を交わし、互いに頷き合った。惣右衛門は、後ろに控える千野へ眼差しを向け、

「この草深き里まで、遠路はるばるご苦労さまでございます。こちらのお綺麗な娘御は、お身内の方でございましたか。江戸と比べれば草深き田舎でございます。さぞかし驚かれたでございましょう。さあ、このような物しかございませんが、どうぞお召しあがりください」

と、柿を勧めた。千野が「はい」と、遠慮を見せずに干し柿のひとつをとって食べ始め、「美味《おい》しい」と言うと、惣右衛門は嬉《うれ》しそうに笑った。

それから国包へ向いて、穏やかな口調で言った。

「お目付頭の坊野享四郎さまは、四月の事件がございましてより、事情の調べにあたられ、村の者の訊きとりをなさり、罪を犯した者への厳正なお裁きを求めるわたしどもの存念、あるいは無念を、江戸のお殿さまにお伝えいただく労をとっていた

だいてまいりました。また、様々なご助言などもいただいております。坊野さまの添状がございますから、一戸前さまに事の次第をお話しいたしますのは、やぶさかではございません。一戸前さまはすでに、坊野さまより四月の事件の経緯を詳しくお聞きになっておられますね」

「うかがっております」

国包はこたえた。

「ですが、それはお家のお役に就かれているお侍さま方の見方であり、事態のご判断でございます。わたしどもは、土を耕し稲を育てお城に年貢を納めております百姓でございます。百姓には、百姓の見方がございます。お侍さま方とは異なる考えや判断がございます。何とぞ、それをお心得のうえ、お聞き願います」

「承知いたしました」

二

事の始まりは、お殿さまが将軍綱吉さまより徳川家の松平の家号と綱吉さまの偏《へん》諱《き》を許された元禄十四年でございました。お殿さまは、元禄七年に川越城主に封ぜられてより、新田開発に意をそそがれ、上富、中富、下富の新田開発を成功に導かれました。そのお手柄により、江戸において将軍さまご侍従のお殿さまの評判は高まり、知恵伊豆と呼ばれた松平信綱さまと並ぶ名君と称《たた》えられ、わたしどもも、そのようなお殿さまの領民であることが自慢でございました。

ただし、お殿さまは信綱さまと競うあまり、ご自分のお考えを少々強引にお進めになられるところがなかったとは申せません。

例えば、新田の畦畔《けいはん》に、信綱さまが栽培に力を入れられた茶を植えさせ、武蔵野の風によって飛ばされやすい赤土の飛散を防ぐ施策を命ぜられたのは、正しいのではございます。ですが、それによって百姓は、従来の田畑の仕事のほかに負担が増え、畦畔に茶を植えて赤土の飛散を防ぐ効果も、さほど望めなかったのでございます。農作物は、その風土によって向き不向きがございます。また、片手間にできる物とできぬ物がございます。百姓はそれを土に訊ね、都合のよい事、悪い事を秤《はかり》にかけ、こうしよう、ああしよう、と田畑を耕しておるのでございます。

傍《はた》から見れば、それがのらりくらりと優柔不断に見えるかもしれません。

田畑の実情をご存じではないお侍さま方の中には、都合のよい事だけをお考えになり、思いついた施策を百姓にお命じになられ、都合の悪い事が起こってそれが上手く運ばなくなりますと、優柔不断で愚鈍な百姓どもが縮尻《しくじ》りおったせいだと、ご自分のことは棚にあげてお怒りになられます。

元禄十四年の新田開発は、お殿さまが松平の家号を許され、徳川さまのご一門に名を連ねられたその誉れにふさわしきお手柄を、再びおたてになろうと、無理に推し進められた施策に思えてなりません。斑目新左衛門さまが新田開発のお奉行として川越にこられ、お指図をなさる中で、そのようなことを仰《おつしや》っておられました。お殿さまの直々《じきじき》のお指図で、奉行職を命じられた、とでございます。

のみならず、将軍さまは、わが殿さまをいずれ徳川家ご一門の方々にしか許されない甲府城主に封ずるお考えを持たれている、とも仰っておられました。お殿さまのよりいっそうのご出世のためには、このたびの新田開発はなんとしても成しとげねばならぬ、とでございます。

なぜ新田開発が進まなかったかと、お訊ねでございますか。

はい。新田開発が上手く進めば、領国の石高をあげ、お家は富み、領民も豊かになります。都合のよいことだけを見れば、でございます。先ほども申しました。百姓には百姓の都合がございます。よい都合もあれば、悪い都合もございます。この荒涼たる武蔵野の地で百姓を営みますわれらにとって、新田開発は都合のよいことばかりとは申せません。

百姓は田畑の《しつけ》が、できるとかできぬとか、を申します。どういうことかと申しますと、ご領地の原野は、百姓にとって田畑を耕す馬の飼料と刈敷《かりしき》の刈るところ、すなわち《まぐさ場》なのでございます。馬がいなくては、田畑は耕せません。また、雑木林は、毎年落とす枯れ葉が田畑の土の貴重な肥料なのでございます。信綱さまのころより、新河岸《しんがし》川の舟運を整えて、江戸や遠く葛西《かさい》の肥料を運んではまいりますが、それでも雑木林が百姓にもたらしてくれる豊かな肥料は、田畑に欠くことはできません。

ご領地の原野や雑木林は、殆どが近在の村々の約束のもとに、共同で草刈りや雑木林の枯れ葉を集める入会地になっており、原野や雑木林を見守る野守を定め、わたしどもは《野銭》と申します税を納めておるのでございます。そうして原野や雑木林を維持しなければ、田畑を耕すことはできず、百姓はそれをしつけができぬと申すのでございます。

新田開発は、そのしつけのためになくてはならぬ原野や雑木林を、潰《つぶ》してしまうのでございます。お殿さまが川越領のご領主になられる以前に、原野や雑木林をめぐって訴えが起こされたこともございます。

また、新田開発によって領国の石高はあがりましても、開発に次ぐ開発によって
わが里の景色は一変し、この里が本来育《はぐく》んできた人力の加わらぬ先祖代々の姿を、損なってしまうことになるのでございます。ご先祖さまの眠るこの土地に、そのような罰あたりなふる舞いをしてはならない、いたずらに土地を貪《むさぼ》ってはならないと、百姓はみなそう教えられているのでございます。

このたびの新田開発に、わたしどもは賛成いたしかねておりました。あの原野を残すか残さぬか、この雑木林を残すか残さぬか、とお奉行の斑目さまとの協議がまとまらなかったのでございます。百姓にも譲れぬところがございますし、斑目さまは、土地を見て判断をくだすというよりも、お殿さまのご機嫌をうかがうことに汲々《きゅうきゅう》としておられ、協議がこじれた末、期限どおりに開発が進まなかったのでございます。で、今年になって、斑目さまはご子息の右近どのをともなってこられ、右近どのはお奉行さまのお代官のように、ふる舞われておられました。

しかしながら右近どのは、斑目さま以上に百姓の事情を考慮なさらず、開発の遅れを、殿のご意向に逆らうとは不届き、とひどく強引に責めたてられ、できぬものはできぬのでございますと申しあげても、お怒りになるばかりでございました。

その挙句に、すでに開発にかかっている土地でも遅れが目だち始め、右近どのは

腹をたてられ、ときには百姓に罵詈《ばり》雑言《ぞうごん》を浴びせられることもあり、右近どのとの間は不仲をこして険悪な状態にすらなっておりました。

草深いご領地での、わたしども百姓相手のお役目が、右近どのは余ほどお嫌いだったのでございましょうな。肥溜《こえだ》め臭いこんな田舎で暮らすのはいやだ、早く江戸へ戻りたいと、周りの者にもらしておられたという噂も、聞こえておりました。

久八《きゅうはち》、あの日の事情は、おまえからお話ししなさい。あの場にいたのだから、何がどのようにあったか、おまえが話したほうがより正確だ。

へえ。おらは、久八と申します。ならば、あの日何があったか、おらのほうからお話しいたします。

四月のちょうど半ばごろでございました。新田開発の協議をまた行うので、四月の何日かに、ご城下のお奉行さまのお屋敷に集まるようにとのお達しを、右近さまが知らせにまいったんでございます。

たまたま、名主さまがお出かけの折りで、主だった村の衆と、おらたち村役人が集められ、斯《か》く斯《か》く云々《しかじか》と右近さまが言ったところ、作一《さくいち》という男が、四月は田植えの前の田起こしが忙しい時季だから、一日でも遅らしたくはねえし、協議もなかなか進まねえしで、手が空くときまで協議を開くのは待ってもらいてえと、申し入れたんでございます。みなも、そうだ、今の時季は困ると言い始めると、右近さまは急に顔を真っ青にして、殿のご意向にそむく気か、と癇癪《かんしゃく》を起こして喚《わめ》き始めました。

おらたちは、また右近さまの癇癪が始まったか、仕方ねえか、とそれ以上は言いませんでしたが、その日の作一は、余ほど腹に据えかねていたようで、お殿さまのご意向はそうでも、そのとおりには百姓の仕事はいかねえ、と言い募ったんでございます。おらたちは誰も、まさか右近さまが斬りかかるとは思っておりませんでしたから、はらはらしながらも、言い合いを見守っておりました。

ところが、二言、三言、言い合いがあって、いきなり「痴《し》れ者」とか、右近さまが叫んだと思います。獣みたいな叫び声だったんで、言葉がよく聞きとれなかったんでございます。で、抜き打ちに作一の腹から胸へかけて斬りあげたもんで、魂消《たまげ》ました。作一は悲鳴をあげて倒れ、噴いた血飛沫が、霧みたい周りに降りかかってきたのを覚えております。しかも、右近さまは、血まみれになってのた打っている作一に止《とど》めを刺したんでございます。あっという間のことでございました。

右近さまが、「許さん。成敗いたす」と、怒り狂って言ったのが、そのときははっきりと聞こえました。

孫次郎《まごじろう》という男が、竃《かまど》の火吹竹をつかんで、右近さまに打ちかかったんでございます。火吹竹は肩を打ちましたが、刀のようなわけにはいかねえ。右近さまは、ふり向き様に、孫次郎を袈裟懸《けさがけ》に斬り捨てました。孫次郎は、ぎゃっ、とひと声叫んで倒れ伏して、ひくひくと震えておりました。

おらともうひとりの村役人の甚六《じんろく》が、「斑目さま、気をお鎮めください」と、とめに入ったんでございます。そしたら、刀をふり廻し、おらは左腕のここを斬られ、甚六は額を割られました。おらと甚六は逃げまどい、甚六には申しわけねえが、たまたま右近さまがおらではなく甚六を追いかけたんで、おらは助かったんでございます。甚六は庭へ逃げましたが、背中を斬られ、倒れたところへ、これも無残に止めを刺されたんでございます。

おらは納屋へ走り、鍬を持ち出しました。ほかの者も鋤や鉈や、斧を手にし、女たちも台所の包丁やすりこ木や箒《ほうき》を持って庭へ出てきて、騒ぎを聞きつけて村中からも人が集まってきたんでございます。けれど、おらたちがとり囲む前に右近さまは素早く逃げ出して、みなで追いかけましたが、とり逃がしてしまいました。

甚六の悲鳴が、耳に残っております。ほんのちょっとした違いで、甚六ではなくおらが、止めを刺されていたんだろうと思うと、今でもぞっといたします。あのとき、怯《おび》えたりためらったりせず、もう少し度胸を据えてたち向かっていたら、右近さまを袋叩《だた》きにしていただろうにと、悔まれてなりません。

あのとき、みなで叩き殺しておけば、よかったんでございます。

久八が申しあげましたとおりでございます。

わたしはそのあと村へ戻り、事情を知ったのでございます。それで、亡骸《なきがら》はお調べが済むまで動かしてはならぬと村人に命じ、村役人ともども、川越城に訴え出たのでございます。お役人さまのお調べが始まり、その日のうちに右近どのを呼び出してお取り調べをということになりましたが、そのときには、右近どのも斑目新左衛門さまも、川越城下のお屋敷からすでに姿を消しておられました。

なんということでございましょうか。なんの申し開きもせず、こっそりと逃げ出すなど、それがお侍さまのなさりようなのでございましょうか。百姓の命を、なんだとお考えなのでございましょうか。

それからの成りゆきについては、すでにお聞きおよびでございましょう……

坊野さまより一戸前さまが、どのような依頼をお受けになられたのか、詳細は存じあげません。しかしながら、わたしどもはこの一件が、わたしどもの納得のいく落着にならぬ限りは、終わらせるわけにはまいらないのでございます。

一戸前さま、坊野さまはわたしどもに、神罰、と申されました。右近どのに神罰がくだればよいのであろう、それまで今少しときがほしいと。右近どのに村の者が無残に斬り殺されてから、もう、半年がすぎております。優柔不断で愚鈍な百姓にも、我慢の限度がございます。坊野さまには、何とぞよきおとり計らいをお願いいたしたいものでございます。

午後、国包と千野は、中赤坂村を出てから、川越城下と所沢宿を結ぶ往還を所沢へとっていた。所沢より府中街道をゆき、十蔵と清順の待つ甲州道の府中宿へ向かう道程である。

道は、木々と田畑の間をまっすぐに所沢へ通じている。今日も日和はよく、十月にしては暖かな午後であった。

「父さま、訊いてもよいですか」

千野が、国包の背に話しかけた。

「よいぞ。何が訊きたい」

国包は、後ろの千野へ横顔を向け、微笑んだ。

「右近というお侍は、三人も村人を斬っておきながら、なぜお裁きをまぬがれているのですか。人を殺《あや》めても、お侍は罰せられないのですか」

「右近は、柳沢家より謹慎というお咎めを受けた。犯した罪を悔いて、身を慎め、というのが右近にくだされたお裁きだった」

「謹慎？　それが三人も人を殺めた罪の、お裁きなのですか」

「そうだ。千野は、そのお裁きでは軽いと思うか」

「思います。それでは、斬られた三人の村人も、残された縁者の者も可哀想です。惣右衛門さんが、納得のいく落着にならぬ限りは終わらせるわけにはいかないと仰ったのは、無理もないと思います」

「正しい事が、正しく行われるとは限らない。正しい行いの中にも、間違いは起こる場合があるし、間違ったふる舞いとわかっていても、そうせざるを得ないというときもあるのだ」

「父さま、神罰は、正しい行いなのですか、それとも間違ったふる舞いなのですか」

「うん？」

と、国包はまた千野へ、今度は真顔を向けた。

千野の若い心はそういうことを考えていたのかと、国包はかすかな胸の痛みを覚えつつ思った。

「父には、何が正しいか正しくないかを、定かに言うことはできない。それを言う力もない」

　と国包は言った。

「だが今、父が千野に言えることがひとつだけある。斬られた村人が可哀想だと思う千野の心は、間違いなく正しい心だ。千野が事に臨んで、正しいか正しくないかがわからぬときは、可哀想だと思う自分の心に訊いてみればいい。きっと、正しいこたえは見つかるだろう」

「父さまもそうなのですか。可哀想だと思う心に、訊かれたのですか」

「千野が可哀想だと思うのとは、少し違っているが、まあ、似たようなものだ」

「それで、坊野と言うお侍の頼みを、受けられたのですね」

「引き受けた。迷ったけれどもな」

　千野は沈黙した。国包は歩みを止め、千野へふりかえった。すると千野も立ち止まり、物思わしげな眼差しを寄こした。

「千野は、神罰がくだされることは間違いだと思うのか」

　国包は、千野へ言葉をかけた。

「父さま、正しいか正しくないか、それは神さまがくだす処罰なのですから、神さまが知っていることなのでしょう。わたしは父さまの弟子です。弟子は師匠についてゆきます。清順もそうです」

千野は、当然のことのように言った。

「清順とも、そういう話をしているのか。ならばよかった。父と十蔵だけでは、どうも年寄り臭くてな。若い千野と清順がいると、心強い」

笑みを浮かべて言うと、千野は不思議そうな顔つきを見せた。

その日は、所沢に宿をとった。

翌日、夜明け前に所沢をたち、秋津《あきつ》、久米川《くめがわ》、小平《こだいら》、と府中街道をとった。

深い山林や荒涼とした原野やはるばると広がる田畑の中を、道はゆるやかにくねりつつ続いていた。

幸い、日和に恵まれ、闊達《かったつ》とした原野の彼方に、南の大山《おおやま》のほうより山の峰が連綿して、後方の北には秩父や武甲《ぶこう》の諸山《しょざん》が、山襞《やまひだ》まで見分けられた。その連綿する山岳の彼方に、晴れた空を背に富士《ふじ》の山が眺められた。

「あ、富士が、あんなに大きく……」

千野が、江戸の町から見るよりもっと間近に見える富士の姿に驚いて言った。

「ふむ、見事だな」

国包も遠い空の果ての富士を眺めて、思わずうなった。

やがて国分寺《こくぶんじ》をすぎ、甲州道の府中宿には、十七日の日暮れ前に着いた。

十蔵と清順が待っていた旅籠《はたご》は、府中宿、新宿、本宿とある府中の、府中宿に見つかった。往来の甲州道に向いた宿の低い二階の出格子に、十蔵の菅笠がさげてあった。それを目印に決めていた。

日暮れ前になると、昼間の暖かさが突然かき消えて冷えこんだ。旅人の影ははや少なくなり、継ぎたての問屋へ急ぐ荷馬のいななきや、宿の前の客引きの声も寒々と往来に響いた。

「旦那《だんな》さま、千野さま、お待ちしておりました」

十蔵が言い、清順は「千野さま、荷をこちらへ」と、千野のかついできた柳行李をおろした。

宿の出格子窓の外に、甲州道の往来が東西に通っている。宿は、八幡《はちまん》の鳥居を西へすぎて間もない旅籠の並びにあって、松林の間に八幡宮の参道が見えた。

「この窓から、江戸のほうより宿場に入った旅人は、確実に見分けられます。斑目どのの一行を見逃すことはありません」

十蔵が、窓の障子戸を両開きにして言った。

「いいところに宿がとれたな」

「はい。武家が宿をとるのは大抵、本宿だそうです。斑目どのの一行が府中で宿をとるとしても、そうするでしょう。必ずこの前を通ります」

「周辺は、廻ってみたか」

「清順と玉川を渡って、念のため日野《ひの》宿まで調べてまいりました。明日、日野の渡し場まで、ご案内いたします」

「そうしよう。十蔵、今夜は呑もう」

「よろしゅうございますな。骨休めでござる」

「では、わたしたちも骨休めに、いただきます」

と、十七歳の千野が十五歳の清順と顔を見合わせ、言った。清順が頷いている。

「おまえたちはまだ若い。ほどほどに……」

国包は言いかけて、ふと、千野と清順がいつの間にか精悍《せいかん》な若衆に育っていることに、改めて気づかされた。

三

府中はかつて、武蔵国府のおかれていた地である。ゆえに、国府の北に国分寺が建立されたのである。甲州道の内藤新宿《ないとう》、上下の高井戸宿《たかいど》、布田宿《ふだ》、そして府中宿である。府中の次が、日野の渡しから玉川をこえて日野宿にいたる。

翌日も晴れの日が続いた。

国包と十蔵は、菅笠に二刀を帯びただけの軽装で、府中宿の旅籠を出た。脇差だけの郎党姿の千野と清順が、同じく菅笠を着けて従っている。

四人は、宿場の中ほどの南側にある六所明神《ろくしよみようじん》に詣《もう》でた。石の鳥居が二基あり、深い樹林の間の参道をゆくと楼門がある。楼門をくぐった広い境内の先に、幅八間ばかりの破風造りに瓦屋根《かわら》の拝殿が、北へ向いて鎮座していた。

国包は、おのれの心を澄ました。

神頼みにきたのではなく、ただ拝礼し、おのれの心を無にしたかった。それだけである。

六所明神より一旦《いったん》甲州道へ出て、宿場内の御茶屋街道という道筋へ折れた。

そこから民戸や田畑が続く細道を八丁ばかりをとって、やがて眼前に、玉川の景色が現れた。朝の光の下で藍色《あいいろ》に輝く玉川の流れは、広いところで三十間、狭いところでも二十間はある。

川原の先の川縁《べり》に渡し場があって、渡し船が対岸へ人を渡していた。

「あそこは関戸《せきど》の渡しです。関戸村から鎌倉へ出るひと昔前の往還です。ただ、渡し場から関戸村へ向かう道の途中、西に折れて、山間《やまあい》の道を南へゆく野猿《やえん》街道が分かれており、そちらの街道より八王子を目指すことはできます。斑目どのが、関戸の渡し場を利用できぬことはありません」

十蔵が、西へ手をかざして言った。

「土地の者は、対岸の山々を向こう山とか、向ヶ岡とも呼びならわしております。いっそう高い山は大丸山です。日野の渡しの上流には、山の岩肌が水ぎわまでそばだち、屏風《びょうぶ》岩と呼ばれているところもあります」

対岸の向こう山の丘陵地は、赤く枯れた山柴《しば》や松の緑に覆われていた。炭焼きと思われる煙が、麓《ふもと》の所どころの小屋からたちのぼっている。

「あれは、炭焼きの煙のようだな」

「はい。対岸の村では、農民が冬から春のあいだに、後ろの山の木を刈って炭を焼いておるのです」

玉川の川原から甲州道へ再び戻り、街道を西へとった。

中川原村、四《よ》ッ谷《や》村、下谷保《しもやほ》村と上谷保《かみやほ》村をすぎて青柳《あおやぎ》村。そして、八王子街道へとつながる芝崎村《しばさき》の辻を、南へ折れると、日野の渡しの玉川の川原へと、道はくねりながらくだっていた。

府中宿より早足に急げば、およそ半刻《とき》余の道程である。街道を往来する旅人の数は、それほど多くは見えなかった。

芝崎村からくだった川原は広く、渡し場の近くに船頭や客の休む小屋が、両岸に数軒ずつ建てられていた。川原に渡し船を待つ荷馬と旅人の姿が、ちらほらと見えた。二艘《そう》の船が向こう岸に横づけされていて、一艘の船が藍色の川面《かわも》をこちらの岸辺へ向かっていた。

国包は、玉川の流れを横に見ながら、川原をゆっくりと進んだ。朝の空は青く、のどかな景色が見わたせた。十蔵が対岸のやや遠い低い山並みを指して、

「あの山裾《すそ》あたりが、日野宿になります」

と、国包の背中に言った。

川原の小屋のそばを通った。小屋には石で組んだ粗末な炉があり、粗朶《そだ》が燃え、自在鉤《かぎ》にかかった鉄瓶が湯気をのぼらせていた。長床几《しょうぎ》がおかれていて、船待ちの客が腰かけていた。

国包の草鞋の下で、川原の石ころが笑っているかのような音をたてた。

川原は大小様々な石ころに覆われ、蓬《よもぎ》や母子草、撫子《なでしこ》などの枯草が、そこここに草むらを成している。

国包は足を止めた。玉川の流れと広い川原の一帯を見廻し、それから渡し場のほうへ見かえった。

「斑目新左衛門らが江戸をたつのは早くて二十一日。遅くとも、二十二日になる。甲州道を急ぎ、昼ごろ、府中宿に着きひと休みする」

と、十蔵に言った。

「おそらく、そうなりましょうな」

と、国包は川原に片膝《ひざ》をついた。

十蔵、千野、清順の三人は、国包の周りに身を寄せた。

「ひと休みしてから府中宿を出て、夕刻前には玉川を渡り、一日目は日野宿に宿をとるだろう」

おれが斑目ならそうする、と国包は思った。

「午後、この渡し場の小屋で斑目ら一行がくるのを待つ。この渡し場でやる」

「その刻限ですと、人目につきますな。渡し場の人の数も多いかもしれません」

「やむを得ぬ。斑目と戦うには広い場所のほうがいい」

「確かに、やむを得ませんな。斑目らの人数は、どれほどになりましょうか」

「斑目新左衛門に右近、斑目家に仕える足軽の荒尾重太は必ずくる」

「ああ、先だっての侍ですな」

「それから、右近の警護役に雇い入れた神谷寛十郎と幸次郎兄弟の二人がいる」

国包は、千野と清順に言った。

「おまえたちが数寄屋河岸で喧嘩《けんか》をした相手だ。覚えているな」

千野と清順は、神妙な顔つきになって小さく頷いた。

神谷寛十郎と幸次郎が、千野と清順に数寄屋河岸でからんできた事情は、すでに伝えている。あのとき、神谷兄弟は様子を探るために手を抜いていた。

今度はちがうぞ、と。

国包は十蔵へ見かえり、続けた。

「ほかに斑目家の家臣が道中の警護についたとしても、二人か、せいぜい三人。それと、荷をかつぐ下男に、新左衛門の槍《やり》持ちの中間を従えていると思われる」

「すると、荷をかつぐ下男や中間をのぞくと、侍は少なくて五人、多くて八人ということになりますな」

「それぐらいになる。ひそかに屋敷を出るのだから、大人数にはしないはずだ」

「手だては？」

「おれが、一行の正面をふさぎ、大声を出しながら斬りかかる。おそらく、一行を先導しているのは斑目新左衛門だ。斑目は、右近を護るために死に物狂いで槍を揮《ふる》うだろう。斑目との戦いが、先途となる」

「ならば、それがしは搦《から》め手から斬りかかり……」

「いや。戦いはおれひとりでやる」

「えっ、八人をひとりで？」

と言ったのは千野だった。千野は目を瞠った。十蔵は国包を睨《にら》み、清順は啞然《あぜん》としていた。

国包は三人を順に見廻し、言った。

「いいか、十蔵は動いてはならん。千野と清順は、十蔵に従い、十蔵から絶対に離れるな。狙いは、右近を倒すことだ。斑目ら一行とわれらとの戦ではない。おれはこの川原を駆け、旅人らが邪魔にならぬ場所へ斑目らを引きつける。そこで、間違いなく乱戦になる。乱戦になれば右近の周りが手薄になり、隙のできるときが必ず生まれる。十蔵はそれまで、身をひそめているのだ。右近の警護の隙を見つけて、一気に右近を討ちとれ。千野と清順は、十蔵の背後を防御せよ。右近を倒したら、それで狙いは達せられる。十蔵は千野と清順を引き連れ、即座にこの川原からたち去れ。おれのことは、いっさいかまうな」

「そんな、父さま」

千野が声を震わせた。

「師匠っ」

清順が驚いて、声を張りあげた。

「わたしの指図に従え」

国包は、千野と清順を叱りつけた。

「十蔵、わかっているな。もし、右近を倒す前におれが倒されたら、この仕事は終わりだ。おれが受けた仕事だ。受けたおれがいなくなれば、この仕事はみなにはかかわりがない。おれの亡骸《なきがら》には目もくれず、江戸へ戻れ」

十蔵は何もこたえなかった。

千野の目が、赤く潤んでいた。

「千野、清順、これが正しい行いか、それとも間違ったふる舞いか、おれには言えない。だがおまえたちはおれの弟子だ。弟子は師匠の言葉を、必ず守れ」

「旦那さま、わたしが最初に正面から斬りかかります。旦那さまは隙を見て……」

「それは駄目だ。斑目は十蔵とは戦わず、右近のそばについていてわたしが現れるのを待ちかまえるだろう。かえって、右近の守りを固めることになる」

十蔵は眉《まゆ》をひそめて考えた。

「斑目ら一行は、街道をとらず、間道をゆくとは考えられませんか。甲府ゆきは、われらが知らぬと思っておるのでしょうが、あの男なら万が一の事態を考慮して、遠廻りになっても、安全な間道をゆくのでは」

「斑目は、甲府ゆきをわれらが知らぬと、思っているだろうか」

「え？」

十蔵は一瞬、言葉につまった。

「ならば、なおのこと……」

「ならばこそ、斑目は甲州道をくるのではないか。われらが街道のどこかで現れるとわかっていて、あの男がそれをさけるとは思えない。正々堂々と立ち向かい、打ち払う気でいるのではないか。十蔵が斑目なら、どうする」

「確かに。斑目新左衛門どのの気位の高さでは、間道を隠れてゆくなど、考えられません。甲府ゆきについても、内心はご不満かもしれませんな」

そうだ。斑目新左衛門は、真っすぐにおのれの進むべき道を進むのだろう。あの男はそういう男だ、と国包は思った。

そのとき不意に、ある思いが、国包の脳裡《のうり》をよぎった。

もしも、身体の具合が悪いのなら、あの男……と国包は考えた。


二十一日、斑目新左衛門は甲府への旅の支度にかかった。

妻には、「この事は殿さまの内々のご命令だぞ」と、厳《げん》にいっさい他言はならぬと戒めて、右近の甲府ゆきを伝えた。

妻は泣いた。

「泣くほどのことはあるまい。長くてせいぜい二年だ。また会える。甲府ゆきは右近の身のためだ」

と、言い諭《さと》した。

その日、荒尾重太に命じ、弓町の一戸前国包の店を探らせた。すると、意外な話がもたらされた。一戸前国包が弟子らをともない、川越の刀鍛冶を訪ねてこの十五日から旅に出て、まだ戻っていなかった。その話をもたらした荒尾が、

「あの男は、川越の百姓らと会うために、出かけたのではありませんか。例の件の談合で……」

と言った。

「ならば、一戸前は右近の甲府ゆきを、やはり知らぬようだな」

「どういう筋の男か得体は知れませんが、手ぬるい男です。先だっての、道場での試合稽古《けいこ》でもそうでした。どうやら、一戸前が道中に現れることはなさそうですな。このお屋敷に、右近さまがずっと謹慎なさっておられると、思いこんでおるのでしょう」

「そうだろうな」

こたえながら、新左衛門は不審に思えてならなかった。

あの男は、知っていたのではなかったのか。われらに死ねというのは、杞憂《きゆう》であったのか。そうだ、あの方がわれらにそんなことを命ぜられるわけがない。われらは筋目正しき斑目家の者ぞ。

だが、一戸前は本当に知らぬのか。川越へ出かけたというのは、まことか。

新左衛門は、腹の中で自問を繰りかえした。

夕刻、少し熱が出て、手足が痛いほどに気だるく感じられた。こんなときに、おのれの身体が、思うようにならないのが腹だたしかった。身体の不調を周囲に気づかれてはならぬ、と懸命に奮いたたせた。

同じ夕刻、兄の比左之の居室に呼ばれた。

居室には、兄のほかに荒尾重太、斑目家の家士の黒塚仙一郎《くろづかせんいちろう》と代田広助《しろたひろすけ》がいた。黒塚と代田はともに二十代で、荒尾と同じ足軽である。

「甲府城下まで、荒尾のほか黒塚と代田を警護役につける。隠密の行動ゆえ心配はいらぬだろうが、道中では不測の事態が起こりがちだ。二人が加わったとて、大した人数ではない。暗いうちに旅だてば、目だちはせぬ。少しは気が楽だろう。おぬし、気を張りつめすぎているのではないか。顔色がよくない。甲府へは、温泉や遊山を楽しむつもりでいってまいれ」

「お気遣い、ありがとうございます。黒塚、代田、よろしく頼む」

「お任せを」

二人は、若さを漲《みなぎ》らせた。

「甲府までは、どのような旅程になる」

「はい。明日は早朝七ツごろに屋敷を出て、日野宿まで急ぐつもりでおります。明後日は八王子の先の駒木野《こまぎの》の関までいき、小仏《こぼとけ》を越え……」

と、大よその旅程を伝えると、比左之は「急ぎ旅だな。だが、急がねばならぬといっても、無理はせぬように」と言った。

その夜、木枯らしが吹いた。

新左衛門は、翌日からの旅に備えて早めに床についた。しかし、眠りは浅く、板戸を叩く風の音に眠りを何度も妨げられた。

翌二十二日、夜明け前の七ツすぎ、朝の凍《い》てつく寒気の中、表門ではなく裏門からひっそりと出立した。

幸い木枯らしは止み、美しいほどの星空であった。

一行は、新左衛門を先頭に、次が右近。荒尾が後ろにつき、続いて神谷寛十郎と幸次郎兄弟。そしてしんがりは黒塚と代田が固め、その後ろに旅の荷をかついだ下男をひとり従えていた。

ただ、新左衛門のすぐ左後ろには、黒塗の柄に槍身を黒鞘《ざや》に納めた三間の素槍をかついだ中間が、ぴたりとついていた。

総勢九人。みな饅頭笠《まんじゅうがさ》に紺地の引廻し合羽を羽織っていた。

拵えを同じにしたのは、味方の目印のためでもある。

四谷御門を出て、四谷大木戸《おおきど》、新宿へととった。新宿追分を甲州道へわかれ、代《だい》田《た》村へ着く前、空は白々と明け始めていた。

今日は日野宿で宿をとるはずが、一行の進みが目だって遅くなり始めたのは、上

高井戸宿をすぎたころからだった。荒尾重太が気にかけ、

「新左衛門さま、今日中に日野宿に着くには、もう少し急いだほうが。暗くなりますと、日野の渡しがむずかしくなります」

と、急ぐように促した。

「ふむ。そのつもりだったが、今日は府中で宿をとろう。兄も言っていた。いらぬ心配をして、気を張りつめすぎるとかえってよくない。もう少し、旅程を楽にとっていくことにする」

新左衛門が笑みを向けて言った。

荒尾は「承知しました」とこたえたものの、ふと、訝しげな顔つきになった。普段の新左衛門らしくなかった。

布田で昼食をとり、午後の日がまだ西の空にかかっていたころ、府中に着いた。府中の本宿の旅籠で、一日目の旅装を解いた。夜明け前に表番町の屋敷を出て府中までできたのだから、遅い旅ではなかった。ただ、みな一日目は日野宿まで急ぐと言われていたため、少し、気がゆるんだ。

右近は、斑目家の屋敷内で顔見知りの同じ二十代の黒塚や代田らと話が合い、賑やかに談笑を交わしていた。

新左衛門は、右近らの屈託のない話し声に苛《いら》つきを覚えつつ、身体の不調を気づかれぬように、苛だちを抑えた。

荒尾に、日野の渡し船が朝の何どきごろから出るのか、調べさせた。

「船頭らは朝六ッごろに渡し場の小屋へきて、炉に火を入れ、それから船を出すそうです」

「それまでは、渡し場の小屋で待っていなければならないのか」

「そうです。暗いうちは、用心のため、船は出さないということです。小屋に船頭がいないときは、自分らで火を熾《おこ》して待っていたらいいと……」

と、荒尾は報告した。

手足の気だるさが続いていた。宿の食も進まなかった。

明日も早いぞ、と右近らに告げ、新左衛門は風呂《ふろ》にも入らず、床についた。

少しでも身体を休めるつもりが、気が昂《たか》ぶり、なかなか寝つけなかった。襖《ふすま》ごしに隣の部屋の、右近や荒尾らのひそひそとした声が聞こえた。

「荒尾、父上は具合が悪いのではないか。顔色がわるいぞ」

右近が言った。

「そうですね。普段とは、少しご様子が違うように思われます」

「ずっと不機嫌そうだから、話しかけたら叱られそうで、言葉も交わせない」

「気を張りつめていらっしゃるのでは、ありませんか。いろいろとご心配な事が続いてきましたから」

「新左衛門さまは、生真面目なご気性ですから、やはりお疲れなのですよ」

黒塚と代田が、右近に言った。

「なんだよ。なら、わたしが父上にご心配をかけているせいだと言いたいのか」

「ええ、そうです」

くすくすと、笑い声が聞こえた。

「まあ、たとえ新左衛門さまの具合が悪くなられても、われらがついておりますので、ご懸念にはおよびません。神谷兄弟もついております。寛十郎、幸次郎、甲府でも右近さまの警護をしっかり務めるのだぞ」

「心得ております」

神谷寛十郎の声がこたえた。

新左衛門は、深いため息をひとつ吐いた。身体が熱っぽく感じられ、寝苦しかった。それでも、いつの間にか眠りに落ちた。

雨の音で目覚めたのは、真夜中だった。宿の茅葺《かやぶき》屋根にさわさわとふりかかり、雨垂れが道に跳ねていた。

だが、雪になる季節にはまだ間があった。

真っ暗な部屋に、右近の寝息が聞こえた。宿も宿場も、静まりかえっていた。

寝床を出て窓の障子戸と雨戸を少し開け、往来を見おろした。

往来は暗く、何も見えなかった。空も宿場も溶けて消えてしまったかのように、暗闇の中にまぎれていた。

細かな雨の音は続き、肌を刺す寒気が新左衛門をくるんだ。

まずいな……

新左衛門はなぜか思った。雨の音を聞いていると、そんな気がした。しかし、

「大丈夫だ。上手くいく。必ず、上手くやってみせる」

と、暗闇の彼方を睨み、自分に言い聞かせるように呟《つぶや》いた。

四

夜明け前、本宿の宿を出た。雨は宿を出たときは止んでいた。

軒板から、雨垂れが寂しい音をたてたが、明けの空に星が出た。

宿の者が、「具合よく雨がやみました」と、新左衛門の一行を見送った。

新左衛門は、身体の具合が少し回復しているのを覚え、夜半から降った雨でぬかるんだ街道を、日野の渡しへ急いだ。

半刻余がすぎ、芝崎村の辻へ出た。荒尾が駆け寄ってきて、

「この道をいくと、八王子街道に出ます。渡し場はこちらです」

と、辻の左を差した。

まだ空は白んではおらず、暗がりに包まれていても、道が玉川の川原へくだっているのはわかった。玉川の流れは見えなかった。ただ、黒い流れが暗がりの向こうに横たわっているのは感じられた。

刻限が早すぎたせいか、新左衛門ら九人のほかに旅人の姿はなかった。

荒尾は列の後ろに戻らず、新左衛門と並んで玉川の川原へくだった。まだ眠りから覚めない川原は、染みわたる静寂と鋭い寒気が覆っていた。

と、草鞋が川原の石ころを、がら、がら、と踏み締めたときだった。

川原の先の船着場と思われるあたりに、船を待つ客や船頭らが休む茅葺の小屋が建っていて、その小屋から明かりがこぼれているのが認められた。

明かりは、炉に燃える薪の火らしく、小さくゆれながら、小屋のすぐ外の川原の

石ころを照らしていた。

「船待ちの先客が、もういるようだ」

「そのようです。空が白むには、まだありそうです」

荒尾が饅頭笠を持ちあげ、暗い空を仰いだ。

「右近、渡し船が出るまで、小屋で暖まって待て」

新左衛門は、右近へふりかえり言った。そして、後ろに従う槍持ちの中間と目を合わせた。中間は、むっつりと口を閉じている。

新左衛門は、前方の小屋へ目を戻した。

すると、小屋から十間あたりまできたところで、ゆらり、と小屋の中から人影が現れた。小屋からもれるかすかな明かりを背に受けて、菅笠をかぶり、二本差しの侍らしき影がかろうじて見分けられた。

「あっ」

荒尾がかすかな声をあげた。

誰だ、と新左衛門は思ったが、声に出さなかった。ただ、歩みを止め、かすかな明かりに照らされた人影の動きを見守った。

新左衛門に合わせ、一行は止まった。

人影が、ゆったりと新左衛門のほうへ向きなおった。荒尾が、暗がりの先をのぞくように、身体をわずかにかしがせた。新左衛門は中間へふりかえり、

「槍を……」

と、手をのばした。「はいっ」と、中間が素早く素槍を差し出した。

「父上っ」

右近が何かの気配を察して、新左衛門に言った。

「大事ない」

新左衛門は、冷ややかに言った。麻苧《あさお》で巻き黒漆をかけた上製品の素槍の柄をにぎった。三間の《道具》を手にした途端、新左衛門の身体中に力が漲った。素槍を左わきに携え、再び歩み始めた。

新左衛門は、かすかな明かりを頼りに、こちらへ向きなおった影の風貌《ふうぼう》を見きわめた。影が誰か、もうわかっていた。槍身を覆う鞘は、つけたままである。

影の頭上に、雲の間からのぞく星空が見えた。そのとき、

「斑目新左衛門どの、お待ちいたしておりました」

と、張りのある声が川原に響いた。

一戸前国包、やはりきたか。やはり、われら親子に死ねと、あの方は……

新左衛門は、ふつふつと沸きあがる怒りの中で思った。

「とまれ」

と静かに言い、一行は再び歩みを止めた。

影を見つめ、唇を真一文字に結んだ。荒尾が、

「おのれ」

と、暗闇の中で獣のように低くうなった。

国包は、槍をわきに携えた斑目新左衛門と荒尾重太を、暗がりの川原へおりてくるときから、すでに見分けていた。

二人の後ろの影が、斑目右近に違いなかった。右近の後ろに二人、さらに後ろにもう二人の合わせて七人。荷をかついだ最後尾の下男はよいとしても、槍持ちの中間ふうの男にも、気を配っておかなければならない。

国包は、五間ほどをおいて歩みを止めた一行へ、しばし眼差しをそそいだ。

一行の頭上に、星空が見えている。この空が白むころには、終わっている、と国包は思った。

「そちらは斑目右近どのだな。ゆえあって、右近どののお命、頂戴《ちょうだい》いたす。右近ど

の、覚悟っ」

　国包は、再び声を響かせた。

　後方から、二人の影が走り出てきて、新左衛門と荒尾の背後についた。引廻し合羽を開き、刀の柄袋《つかぶくろ》をすでにとっていた。

「小癪《こしやく》な。所詮《しょせん》は百姓どもに雇われた、氏素性卑しき刀鍛冶風情が。かかわりのないことに首を突っこみおって、成敗いたす」

　荒尾は声を甲走らせ、柄袋をとり去って柄に手をおいた。

「荒尾重太どの。かかわりのないのは、荒尾どのとて同じだろう。おぬしは、斑目家の家臣として武士の義をとおせばよかろう。だが、わたしにも始末をつけねばならぬ事がある。本意ではないが、邪魔をすれば荒尾どのも討ち果たすのみ」

「慮外者。おまえごとき無頼の輩《やから》に、目に物見せん」

　荒尾は怒りを露《あら》わにし、一歩を踏み出して鯉口《こいぐち》を鳴らした。

「落ち着け、荒尾」

　新左衛門ははやる荒尾を止め、国包を睨んだまま言った。

「寛十郎、幸次郎、おぬしらは何があっても、右近のそばを離れるな。よいな。何があってもだぞ」

「承知、仕《つかまつ》った」

神谷兄弟がこたえた。

「右近、うろたえず、わたしのそばを離れるな」

「は、はいっ」

右近が懸命に声を励ました。

「一戸前国包、おぬしがこないわけはないと、思っていた。ここは先だっての道場ではないぞ。わたしの携えている道具は、稽古のための木槍でもない。この槍を受ける覚悟で、きたか」

「いかにも。覚悟はできています。しかし、勝敗はときの運。今度はこちらが勝つ番です……」

「笑止な。運が勝敗を決するのではない。強い者が勝つ、それが武芸だ。それが剣の道理だ。天の望むところだ。今なら間に合う。いらざる手出しはせず、立ち去るがよい。見逃そう」

「力およばず、道理はなく、望まれずとも、わが一個の意地はあります。意地こそわが武芸の極意。斑目どの、やると決めたのです。立ち去る気は、ありません。やるしかないのです」

束の間の沈黙が、夜明け前の川原に流れた。静寂と肌を刺す寒気の中に、小屋からもれる炉の火が、怯えているかのようにゆれた。

新左衛門は、やおら、饅頭笠をとり、引廻し合羽を肩から落とした。それに倣い、みながいっせいに饅頭笠と引廻し合羽を脱ぎ捨てた。

荒尾と黒塚と代田の三人は、下げ緒を抜きとり、素早く襷《たすき》にかけた。

対する国包は、菅笠すらとらなかった。悠然と、胸元で腕を組んでいる。

鈍色《にびいろ》の布子ひとつの軽装の下には鎖帷子《くさりかたびら》を着け、腕に黒の手甲、黒の細袴を黒の脚絆で絞り、黒足袋草鞋の拵えである。

新左衛門が槍身の鞘をとり捨て、川原の石ころに、から、と音をたてた。

三間の素槍を一度しごき、国包へ穂先を向け、身がまえた。

「よかろう」

新左衛門は、ひと声、言った。

一歩を踏み出したその途端、荒尾がうなり声を発しながら、新左衛門より先に突き進んだ。

「はやるな、荒尾」

新左衛門が止めたが、荒尾は止まらなかった。一刀を抜き放ち、石ころを蹴散《けち》ら

し、たちまち国包との五間の間を縮めていった。そして、

「下郎っ」

と叫び、夜空へ身を躍動させた。

五

上段へとった一撃が、うなりをあげて打ちこまれた。

咄嗟《とっさ》に国包は膝を折り、身を低くして荒尾の一撃を躱《かわ》し、互いの位置を入れ替えくぐり抜けつつ抜き放った。

抜き放った一刀は荒尾のわき腹を鋭く薙《な》いで、斬り抜けた。

荒尾は、空へ流れた身体を支えると、くぐり抜けた国包へ身をかえした。

だが、国包はすでに反転している。斬り抜けながら上段へとり、ふりかえり様、

「やあっ」

と、袈裟懸を浴びせた。

荒尾にそれを防ぐ間はなかった。額が二つに割れ、短い悲鳴を発した。踏み締めた草鞋の下で、がつ、と石ころを鳴らし、首を折れた枝のように曲げた。

それから四肢を投げ出し、血飛沫を噴きあげながら、仰《あお》のけに倒れていった。

一瞬の出来事だった。背後の黒塚と代田は唖然とし、すぐに気づいて、

「おのれっ」

「荒尾さんっ」

と、叫んだ。

新左衛門の槍が襲いかかったのは、その刹那《せつな》だった。

「ええいっ」

雄叫《おたけ》びとともに、槍の穂先が、身を横へかしがせた国包の肩先の布子をかすめ、空を突いた。

それが即座に引かれるとき、国包は追い打ちに槍身を払いあげる。

刃鉄《はがね》と刃鉄が激しく打ち合い、かあん、と川原に響きわたった。

新左衛門は、払いあげられた槍の勢いを易々と操るかのように槍柄を躍らせ、逆に石突きを国包へ叩きこんだ。

その攻撃を、斑目家の道場で痛い目に合った国包は心得ていた。

すかさず、薙ぎ払う。

すると新左衛門は、再び槍柄を旋回させ、今度は槍身から叩きこんでくる。

そのひと流れの攻めに移るより早く、懐へ飛びこむことを狙った。

新左衛門は、国包の狙いを即座に覚《さと》り、俊敏に退きながらかまえを整え、力強く踏ん張って鋭い突きを見舞い、国包の動きをはばんだ。

新左衛門の熟達したかえしに、懐へ飛びこむ目ろみははばまれた。

突いては瞬時に引き、途端に突き入れる。それが、三度四度と繰りかえされ、国包は左右に身を躱しつつ、何度目かの苛烈《かれつ》な突きを、刃をかろうじて咬《か》ませることで防いだ。

刃鉄と刃鉄が、今度は悲鳴のような軋《きし》みをたてた。

新左衛門の圧力が、かみ合う刃鉄を通して伝わってきた。

国包は必死に堪《こら》え、押しかえした。

途端、槍身と刀を咬み合わせたまま、国包を軸にして新左衛門は鮮やかに廻りつつ、再び石突きのほうからの一撃を、今度は国包の足元へ見舞った。

新左衛門の一連の攻めに、ためらいはなかった。

突きから転じて、叩き、薙ぎ払い、打ち払い、叩いて突く、その一連の流れは、まるで舞いを舞っているかのようにきれ目がなく、滞ることもなかった。

そのとき、新左衛門の左右後方より、黒塚と代田が国包に攻めかかってきたが、新左衛門の攻めは、若い黒塚や代田よりもはるかに素早く激烈だった。

咄嗟に、国包は飛んだ。身体がひとりでに動き、うなりをあげて襲いかかってくる一撃に空を打たせた。

そのまま空をすべるように、新左衛門と身体を入れ替えたその一瞬、国包は新左衛門の先手をとっていた。

間髪容《い》れず、ふりかえって斬り落とす。

あっ、と新左衛門は声をあげた。

新左衛門は仰《の》け反り、国包の一刀をすんでに躱した。しかし、体勢を初めてくずした。川原の石ころを鳴らし、片膝をついて転倒を堪えた。槍をふり廻し、新左衛門は国包の追撃を防いだ。

ところが国包はそのとき、新左衛門を捨てて黒塚と代田に立ち向かっていた。

黒塚の打ち落としに、右へ体を躱しながら上段より一閃《いっせん》を浴びせた。黒塚は悲鳴をあげて吹き飛んだ。

かえす刀で代田の一刀を受け止め、刃と刃を軋らせながら代田の首筋に刃を押しあて、すかさず撫《な》で斬った。代田は、血飛沫を噴いてくずれ落ちていった。

二人を倒すのに、ひと呼吸の間だった。

新左衛門は懸命に体勢を立て直し、身がまえた。荒い息を吐き、肩を大きく波打たせた。あの荒尾が、黒塚が、代田が瞬時に打ち倒された。なんたることだ。新左衛門に怒りがこみあげた。

この男は武士の面目にかけて倒さねばならぬ、と思った。

「一戸前、これからが勝負だ。こい」

新左衛門は、怒りに囚《とら》われ叫んだ。

すると、国包は刀をわきへ垂らし、かまえを見せずに佇《たたず》んだ。

ふと、新左衛門は、自分と右近の間に国包が悠然と立ちはだかっていることに気づかされた。不覚をとったことに、気づかされた。

川原が薄らと白み始めていて、右近のうろたえた素ぶりが見えた。

神谷寛十郎と幸次郎が、襷がけをして右近を護っていた。だが、思いもよらぬ成りゆきに、二人の表情にも戸惑いが露わに浮かんでいた。

「どうした、一戸前。怖気《おじけ》づいたか。かまえよ」

新左衛門は挑みかかった。すると、

「斑目どのと戦うことが狙いではない」

と、国包は言い捨てるや否や、咄嗟に身を翻し、神谷兄弟の護る右近へ突進し始めたのだった。

「姑息《こそく》。逃げるか」

新左衛門は声を荒らげ、国包を追った。

国包が向かってきたため、右近と神谷兄弟は玉川の流れに沿って、川原を逃げ始めた。なぜならそのとき、芝崎村のほうから、三つの人影が川原へ駆けくだってくるのが見えたからだった。

三つの人影は、国包と同じく菅笠に二刀を帯びている。

前方より国包、村のほうよりは三人の新手が迫り、反対側は玉川の黒い流れにはばまれ、右近と神谷兄弟は川原を逃げるしかなかったのだ。

「父上っ、父上……」

右近が甲走った声を響かせた。

「右近、腹を据えるのだ。負けはせぬ」

新左衛門は叫んだ。

石ころに覆われた川原は、新左衛門の体力を奪った。新手の三つの人影が、新左衛門を混乱させた。川原の石ころが鳴り、飛び散った。

「寛十郎、幸次郎、逃げては駄目だ。戦え。戦えば活路は開ける。戦うのだ」

新左衛門の声が、次第に白む川原に響きわたった。

槍が重い。新左衛門は初めて思った。

「幸次郎、とまれ。戦うぞ」

寛十郎が叫んだ。

「おお、心得た」

幸次郎はかえしたが、右近がひとりで川原を逃げていくのを認めた。

「右近さま……」

呼びかけた瞬間、菅笠の男が幸次郎に挑みかかった。

「ええいっ」

喚声とともに打ちかかった一刀を、間一髪、受け止めた。

痩身《そうしん》の幸次郎よりも小柄だったが、凄《すさ》まじい膂力《りょりょく》が受け止めた刀に伝わってきた。

間近に見た菅笠の下の男の顔に、見覚えがあった。一戸前国包を探りにいったとき、一戸前の店にいた老僕ではないか。名は確か、十蔵……

老いぼれが、と思った瞬間、十蔵は幸次郎の刀身を巻こみ落とし、分厚い肩を胸に突きあてた。幸次郎は身体を反らせ、片足を引いて踏ん張った。がらら、と草鞋が川原の石ころをすべった。

途端、十蔵の圧力が消え、幸次郎は前へつんのめった。しまった、これしきの手に、と思ったが、間に合わなかった。

十蔵の一刀が、幸次郎の利き腕にひとあてした。

幸次郎は「わあ」と叫んで、身をよじらせ、両膝を落とした。着物が裂けた疵口《きずぐち》を、幸次郎は手で覆った。指の間から血が、たちまちあふれ出た。

しかし、十蔵は止めを刺してこなかった。まっしぐらに寛十郎を追って、駆け去っていった。幸次郎は痛みに耐えきれず、川原に横たわった。そして、白んでゆく川原の先に兄の寛十郎の姿を目で追った。

そのとき寛十郎は、右近を護るため、やむを得ず幸次郎をおき去りにしてあとを追っていた。前を逃げる右近は、ふりかえりもしなかった。

ただ、「父上……」と虚《むな》しく呼び続けていた。

川原の石ころ道が、寛十郎の早い動きを妨げた。思うように走れなかった。

右近と寛十郎のすぐ後ろには、千野と清順が迫っていた。今にも追いすがる二人の俊敏な動きは、右近や寛十郎とは比べようもなかった。

もはや逃げられぬ、と寛十郎はそこで踏みとどまった。もう、右近にはかまっていられなかった。
清順が遮二無二打ちこんできた一撃を、かろうじて払いのけた。
払いのけた刀をかえす間もなく、千野が寛十郎の傍らを走り抜けた。一瞬遅れ、
走り抜けた千野を追ったが、わき腹から血が激しく噴いてよろめいた。
走り抜けた千野は束の間足を止め、寛十郎へふりかえった。
かぶった菅笠の下から背中へ、長い黒髪が流れていた。手には寛十郎のわき腹を
裂いた打刀をかざしている。
「お、おまえは……」
よろめきながら、千野を睨んだ。
千野は、何も言わず、寛十郎を見つめた。
寛十郎は、数寄屋河岸で見た千野の顔を思い出した途端、清順の一撃に止めを刺
された。自分の叫び声がかすかに聞こえて、やがて消えた。
少し先を逃げる右近は、寛十郎の最期を見ていた。
というのも、足がもつれて転倒してようやくふりかえり、寛十郎が倒れたところ
を目のあたりにしたのだった。
千野と清順が、二手に分かれて倒れた右近へ駆け寄った。

右近は息を喘《あえ》がせ立ちあがったものの、走り疲れ、怒りと屈辱で、逃げる気力はすでに失《う》せていた。

「卑しき端女《はしため》、そばへ寄るな。それ以上近づくと、手打ちにいたす」

右近は千野へ、罵声《ばせい》を浴びせた。

そこへ、十蔵が千野と清順に追いついた。三人は、三方から右近をとり囲んだ。

「下郎、無礼者。退《さ》がれ。みな退がれ……」

右近は必死に叫んだ。

「おまえか。罪もない村人を斬ったのは」

千野の澄んだ声が、紺色に色づき始めた玉川を渡り、そのとき、とっくに目覚めた翡翠《かわせみ》が川原で鳴き騒いでいることに、みな気づかされた。

つぃぃ、つぃぃ……

夜明けが間近い。白んでゆくその朝の明るみの中で、

「斑目右近どの、おぬしに遺恨はないが、こういう廻《めぐ》り合わせも武士ならばこその定めでござる。いざ、覚悟」

と、十蔵が清々《すがすが》しく言った。

「……戦え。戦えば活路は開ける。戦うのだ」

と、新左衛門が必死に叫んだとき、国包は疾走をゆるめ息を十分に整えていた。

背後に迫る足音は疲れ果て、呼吸が乱れていた。

「一戸前、戦え、戦え」

新左衛門はなおも、白みゆく玉川の川原に声を響きわたらせた。

国包は石ころを鳴らし、疾走を止めた。

悠然とふりかえり、正眼にかまえた。

追いすがる新左衛門は、二間をきったところで足を止めた。三間の槍を使う間よりは近いが、これでよいと、新左衛門は思った。

槍をかまえ、国包の正眼と対峙《たいじ》した。息を喘がせ、肩がゆれ、穂先が震えた。冷や汗がこめかみを伝わった。

「父上……」

右近の声が遠ざかっていく。侍らしく戦え、と新左衛門は虚しく思った。

「斑目どの、もはやこれまでです。勝負はつきました。これ以上の戦いは、意味がない」

国包は言った。息も正眼にかまえる姿も、まったく乱れていなかった。

「戯《たわ》け。元より、意味などありはせぬ。武士は、面目を賭《か》けて戦うのだ」

新左衛門が、激しく言った。

ゆっくりと大きく、よき相手に恵まれたことを喜ぶかのように、国包は頷いた。

国包と新左衛門は、沈黙をおいた。

つぃぃ、つぃぃ……

翡翠の鳴き声が、川原の木々や水辺に絶え間なく聞こえていた。

束の間の、果てしない沈黙がすぎた。次の瞬間、

「いざ」

「いくぞ」

と、両者は同時に仕かけた。

槍の渾身《こんしん》の突きが、国包の胸元に狙いを定め襲いかかる。

同時に国包は、刀をそよがせるように斜め上段へとって、残した左の膝が地につくほど、右足を大きく一歩踏み出した。

身を低くした国包の眉間《みけん》を、銀色の穂先が貫き通すかに見えた。

しかしその一瞬、国包の一刀は、新左衛門のひと突きよりも先に、激しく斬りあげた。

新左衛門の仕かけは、鋭さを欠いた。刹那の間だけ、遅れた。

ぱあん……

と、竹を束ね麻苧を巻いて黒漆をかけた《道具》の柄が、口金と銅輪の真ん中で鮮やかに断ちきられた。断ちきられた槍身は、国包の耳元にうなりをあげてかすめると、後方の川原へはずんだ。

すかさず、国包は身を躍動させた。軽やかに躍り、上段へとった。

「やああ」

国包は上段より浴びせ、新左衛門は両手ににぎった柄を頭上へかざし、それを受け止めた。

途端、柄は真っ二つになって、すべての動きが途絶えた。

新左衛門は、二つになった柄をにぎったまま動かなかった。

国包は新左衛門の前に身をかがめ、やはり動かなかった。

二人は、ただ睨み合った。

つぃぃ、つぃぃ……

翡翠の鳴き声が聞こえている。

不意に、新左衛門の額にひと筋の血が伝った。血は眉間に筋を描き、頬を流れ、顎《あご》からしたたった。血は止まることなく、ほとほととしたたり落ちた。

新左衛門の目は、急速に光を失っていった。

やがて、真っ二つになった柄を落とし、くずれるように膝をついた。頭《こうべ》を垂れ、肩幅のある分厚い身体を、左右へゆらした。

しかし、倒れはしなかった。

頭をゆっくりと持ちあげ、国包を見あげたが、その目に怒りは消えていた。穏やかな諦《あきら》めが見えた。

国包は、かまえを解いた。

「わたしは殿のために、働いた。おまえがやれ、と殿に言われた。だから殿のご出世のために、やらねばならぬと思った。二心など、あるはずもない。すべては、殿の御ためだった……」

新左衛門が言った。

「右近は愚かな倅だが、愚かさの罪は、わたしにある。あれを、助けてやりたかった。愚かな親心と、わかっていた。だが、殿のお情けにすがりたかったのだ。わたしが、代わりになって……」

国包は新左衛門を見守った。

「一戸前、教えてくれ。おぬしは、本当は、誰の頼みを受けて、ここへきた。わが殿から、頼まれたのか。わたしと倅を、討てと。斑目新左衛門と右近を生かしておけば、殿のご出世の妨げになるゆえ、もういらぬと、言われたのか」

新左衛門の眼差しが、憐れみを乞うように国包へ向けられていた。

「それは違う。斑目どの、誰に頼まれたか、言わぬ約束です。だが、わたしが頼まれたのは、その方からではない。もしも、誰かがその方の指図を受けていたとしても、わたしはその方のために、ここへきたのではない。斑目どのとわたしは、同じ理由でここにいる。違いは、討つ者と迎え討つ者、それだけです」

国包は言った。

そうか、よかった——と、新左衛門は、苦痛で顔を歪《ゆが》めるかのような笑みを国包に見せた。

「武士の面目を施したい。情けだ。止めを」

新左衛門は、最後にそう言った。

国包は、ためらわなかった。

新左衛門の前に、片膝をついた。鋒《きっさき》を分厚い胸にあてた。新左衛門は胸を反らせ、そこでよい、というかのように頷いた。

国包は、柄頭に左の掌《てのひら》を添え、速やかに、静かに突き入れた。

新左衛門は笑みを浮かべたまま、俯《うつぶ》せた。

川原には、村人や旅人、船頭らが駆けつけ、国包らを遠巻きにしていた。渡し場の川向こうにも、騒ぎに気づいた人だかりが見えた。

国包ら四人が川原を去るとき、その人だかりの中に、新左衛門一行に従っていた槍持ちの中間と荷箱をかついだ下男がいた。二人は怯えた目つきで、国包らを見守っていた。

国包は、懐より布きれにくるんだ小さな包みをとり出し、中間に差し出した。

「これでみなを、埋めてやってくれ。斑目家に戻り、見たままを告げればよい。すべては、柳沢家目付頭の坊野享四郎どのが承知しておられる。そのように、お伝えしてくれ」

「あ、あなたさまは……」

中間は訊いた。

終章　夢のまた夢

その日、永田町にある友成家の屋敷の書院に、国包と伯父《おじ》の数之助が対座していた。明障子が両開きに開けられ、板縁の先に青空の下の中庭が見えている。

竹垣が中庭を囲い、葉を落とした庭木や灌木《かんぼく》に、十月の末にしては暖かい日が射していた。

数之助は脇息《きょうそく》に気だるげに凭《もた》れかかり、丸い両肩の間から、作り物のような小さくしぼんだ顔をもたげていた。ただ、やや赤みがかった肌にしみが浮き、深い皺《しわ》の刻んだ顔の中に、生臭いほどに不敵な眼差《まなざ》しが光っていた。

国包はその日、斑目新左衛門と右近親子を、甲州道日野の渡しで倒した顚末《てんまつ》を伝えるため、永田町の伯父を訪ねた。

伯父の数之助から、訪ねてくるようにと、たびたび催促があった。いかねばならぬと思いつつ、気持ちの整理がつくまで日がかかった。

伯父数之助には、坊野より報告が入っているはずである。

床の間を背に着座する数之助と向き合い、国包は事の顚末を語った。

数之助は、とき折り相槌《あいづち》を打ったり、首を左右にしたり、いがらっぽい咳《せき》をしたりするばかりで、大旨、その話の聞き役に廻《まわ》っていた。

「……そうであったかと、合点がいきました。斑目新左衛門どのに内通していた者は、殿さまご自身であったと考えれば、筋がとおっております」

国包は、淡々《たんたん》と話を進めていった。

「殿さまが松平の家号と綱吉さまの偏諱《へんき》を許され、徳川ご一門のみしか封ぜられなかった甲府城主に封ぜられるかもしれないと、上さまご側近らの間では、ひそかに言われていたそうですね。上富、中富、下富の新田開発に成功し、殿さまは名君と評判をとられました。このたびの新田開発は、新たに新田開発を成功させ、甲府城主に封ぜられるに相応《ふさわ》しい名君と、評判をさらに高めるために目ろまれたのです。奉行に命じられた斑目新左衛門は、殿さまの御ためにと、さぞかし意気ごんだことでしょう。どんな無理をしてでもやり遂げよ、必ず頼んだぞ、と殿さまがお望みだったからです。そうではありませんか」

数之助は、ふん、と鼻を鳴らした。

「しかし、村名主が言っておりました。ご先祖さまより受け継いだ土地を、いたずらに貪《むさぼ》ってはならぬ。このたびの新田開発は無理がある、賛成いたしかねると。右近は非道な愚か者です。右近を護《まも》るために新左衛門がとったふる舞いも愚かですが、愚かさにも愚かなふる舞いにいたるそれなりの事情があることを、このたびの一件で、改めて知りました。殿さまは、斑目右近の始末を望まれたその一方で、殿さま自らが、村人らが右近に刺客を放ったかのごとくに斑目新左衛門へ知らせておられました。伯父上は、辻褄《つじつま》の合わぬ殿さまの仕業を、ご存じだったのではありませんか。聞いてはおられなかったとしても、気づいておられたのでは?」

「知るわけがなかろう」

数之助は、皮肉な眼差しを向け、素っ気なく言った。

「辻褄が合いませんから、ご家中の斑目新左衛門と右近親子に同情なされておられるどなたかがもらされたのだと、初めは思っておりました。重役方にさえ知らさず、殿さまとお側のわずかな者だけの隠密《おんみつ》のくわだてが、すでにご家中に知られているのであれば、このくわだては無理ではないかと、坊野どのに申しました。内心は、坊野どのへも、疑いを持っておりました」

「ふん、あの男なら、ありそうな……」

と、数之助は薄笑いを見せた。

「しかし、ふと、思ったのです。わたしの名を知った内通者が、なぜ、わたしが村人に雇われたと言ったのか。村人が、右近の非道を御公儀に訴え、訴えがとおらなければ去年の赤穂侍のように斑目邸に討ち入りをするという噂から、村人が刺客を雇ってといういかにももっともらしい話へ転じたのが、腑《ふ》に落ちなかったのです。村人が刺客を放つなど、どう考えても妙です。万が一事が露顕すれば、名主始めかかわった多くの村人、その縁者にも累のおよぶ打ち首獄門は、まぬがれません。刺客を雇うくらいなら、御公儀に訴え、事を天下に明らかにし、右近の非道のお裁きを求める手段を、まずはとるはずです」

数之助は唇を結んでいる。

「内通者は、殿さまが刺客を放たれた、などと言えるはずがありません。殿さまのご命令なのですから。殿さまは、事がならなかった事態に備えて、わたしを百姓に雇われたことにし、新左衛門に内通させたのです。坊野どのは、事がならなかった場合、次の手を打つしかない、と仰《おっしゃ》っておられた。右近に神罰がくだされる次の手です。そうでなければ、村人の怒りは抑えられません。ただし、その間も、殿さまが新左衛門と右近親子の身を護るために甲府ゆきを命じられたという事に、疑いの目が向けられぬように、すなわち、ひそかに刺客を放って事がならなかった場合、殿さまに疑いの目が向けられないようにです」

するど、短い間をおき、数之助が訊《き》いた。

「だが事はなった。それでどうなった」

「それは、伯父上のほうがご存じなのではありませんか。坊野どのは見えられませんし、その後どうなったか、伯父上にうかがいたかったのですが……」

「何を言う。呼んだのに、おまえがこなかったのではないか」

「仕事が忙しかったものですから。それに、わたしは頼まれた事を受け、それを果たしただけです。その後がどうなろうと、わたしにかかわりはありません。しかしながら、おそらく新左衛門はわたし同様、腑に落ちなかったのでしょう。だから気づいておりました。わたしを雇ったのは百姓ではなく、殿さまなのだと。殿さまと側近の方々が、自分たち親子に刺客を放たれたのだと」

国包は、数之助の様子をうかがった。

数之助は薄笑いを消し、冷ややかな顔つきになった。

「表だっては、事態は平穏に見える。だが、柳沢家は様々な手づるを頼って、裏から斑目家とかけ合いをやっておる。一方は上さまご侍従の大名、かたや徳川家の有力旗本。いかに名門同士とは言え、両家がいがみ合う事態は、なんの得にも誰のためにもならん。武家の面目を賭《か》けたいがみ合いだけなら、簡単に退《ひ》きさがるわけにはいかぬが、事の発端は、右近が腹だちまぎれに百姓を斬り捨てた愚かきわまりないふる舞いにある。こんな愚かな一件のために、武家の面目をどうこう言う値打ちなど、端《はな》からないのだ。第一義は、百姓どもの怒りと遺恨を抑えねばならん。武家なら、このたびの始末はやむを得ぬ、と収めるのが道理というものだよ。おまえもそう思わぬか」

「そうですね」

と、国包は頷《うなず》いた。始めからそうしておけばよかったのだ、と思った。

「ひねくれた見方をすればだ。もし、おまえがこのたびの仕事を縮尻《しくじ》り、右近がまだ存命で、百姓らが斑目家に討ち入りでも起こしたなら、両家とも無事では到底済まぬであろうな。斑目家も柳沢家も疵《きず》つき、事と次第によっては、斑目家の改易もあり得た。だから斑目家は、内心、頑《かたく》なな新左衛門と愚かな右近がいなくなって、やっかい払いができたと思っておるだろう。ある意味では、斑目家の悩みの種が消えたのだからな。そうなれば、あとは上さまのご侍従で、甲府城主に封ぜられることが内定した柳沢吉保さまより、どれほどの見かえりを得られるか、そこが斑目家の落としどころになる」

「斑目新左衛門は、その落としどころが承服できなかったのですね」

「だからこうなった。斑目新左衛門は、ひと廉《かど》の武士かもしれぬが、ただそれだけのことだ。柳沢吉保さまが、斑目新左衛門と右近の始末を了承する一方で、斑目新左衛門にそれをひそかに伝えた辻褄の合わぬ仕業は、事がどちらに転んでも、ご自分の疵をできるだけ小さくするように、落としどころを考えておられたからこそだ。知恵ある者は落としどころを見つけて、死んでゆく。知恵なき者は落としどころに承服できず、滅んでゆく。それが、知恵ある者とない者の違いだ」

うふ、うふ、と数之助は、しみが浮き深い皺に刻まれた顔をいっそう不気味に歪《ゆが》ませ、破顔した。

国包は、この伯父の頭ごなしの皮肉と訳知り顔の虚無が苦手だった。何もかもを見とおしたような物言いに、ちょっと苛《いら》だたしく思うときがある。

まあ、いいではないか、といつも自分に言い聞かせるが。

「それから、坊野どのよりこのたびの礼金を預かっておる。五十両だ。さすが、柳沢家だ。あとでわたす。仲介料はとっておらぬぞ」

そう言って、数之助はまた破顔した。

「そうそう、倅《せがれ》の正之がな、先だって、城中で斑目比左之どのに、藤枝国包の消息を問い質《ただ》されたそうだ。今はどうしておられるのかと、さり気なくな。正之はむろんこのたびの事情は知らぬが、なぜか機転を利かせて、わが従弟《いとこ》の藤枝国包は伊勢の国におるはずですが、とこたえたそうだ」

「さようですか。お気遣い、ありがとうございます。正之さんに、お礼をお伝えください」

「礼にはおよばぬよ。友成家もおまえの働きで、柳沢家へ面目が施せた。国包、おまえはよくやった。大したものだ。それほどの男とは、知らなかった」

数之助は、皮肉な薄笑いをにじませつつ言った。それから、

「しかし、国包は坊野どのの頼みを、なにゆえ引き受けた。わたしはてっきり、断るだろうと思っていたのだが」

と、神妙な顔つきになった。

「それは、友成家ご本家の伯父上に言われたからで……」

「戯れを申すな。いやなら、わたしが何を言おうと、あんな命がけの頼みを引き受けるわけがない。おまえは不承不承引き受けたのではなく、進んで引き受けた。先だっての夜、それがわかって意外だった。おまえの性根には、どうやらそういうと

ころがありそうだ。おまえは、わが親父どのに似ておる。おまえの祖父《じい》さんの友成包蔵だ。風貌《ふうぼう》もよく似ておる」

「わが父にも、以前、祖父さまに似ていると、言われたことがあります」

「そうだろう。われらには、生まれたときから見ておる親父どのだからな。親父どのは、理屈や道理ではなく、おのれの性根に従って生きているような人だった。理屈や道理に合わなくとも、おのれの性根に合えばそれでよいという考えを持っていた。と言って、理屈や道理がわからぬ軽はずみな気質でもなかった。よき父であったし、友成家の当主として、よく生きたとも思う」

数之助は、束の間の沈黙をおいた。

「ただその性根は、親父どのの持って生まれたもので、倅のわれらにはなかった。だから、親父どのは倅のわれらにもよくわからぬ人であった。なんと言うか、死ぬまで子供を貫きとおしたような親父どのであった。戦国の世にでも生まれておれば、一国一城の主《あるじ》になったかもしれぬ。そう思うことがあるし、あるいはとんでもない野盗になったかもしれぬ、と思わぬでもない」

ああ、あの祖父さまか、と国包の脳裡《のうり》に祖父さまの面影が甦《よみがえ》った。

「もしかしたら、おまえには親父どのとよく似た性根が、備わっているのかもな。

もっとも、今の世にそういう性根の備わっていることが、よいことかろくでもないことかは、わからぬがな。天下泰平の今の世に、一国一城の主など、夢のまた夢だからな」

あは、あは……

数之助は、嗄《しやが》れた笑い声を青空の見える明るい庭へまき散らした。

国包は、遠い昔、祖父さまに言われたことを思い出した。

家宝はおのれの腹の中にある。

祖父さまは、五歳の国包になぜそんなことを言ったのだろう。戦国の世にでも生まれておれば一国一城の主になったかもしれぬ性根か。それとも、とんでもない野盗になったかもしれぬ性根か。あるいは、生涯、子供を貫きとおした性根か。それならば、祖父さまの腹の中の家宝とは、その性根のようなものなのか。それが、おれの心の糧か……

数日後、弓町の一戸前家の鍛冶《かじ》場で、国包は横座の槌《つち》を揮《ふる》い、向こう槌の千野と清順を相手に、地鉄《じがね》作りの折りかえし鍛錬にかかっていた。

かん、かんかん、かん、かんかん……

赤い火花が、火床で熱せられ真っ赤に沸いた刃鉄《はがね》から飛び散った。

冬十月もはや晦日《みそか》が迫り、天気のいい昼間は暖かだが、朝夕の冷えこみはだいぶ厳しくなった。

鍛冶場の面した小路に備えた天水桶《てんすいおけ》の水が、今朝は薄らと氷が張ったし、小路をゆき交う人の息が白く見えた。

だが、一戸前の店の鍛冶場は、沸きたつ刃鉄の灼熱《しゃくねつ》にくるまれている。

真っ赤に沸かした刃鉄に、鏨《たがね》で溝を作り折りかえし、叩《たた》く。また沸かして折りかえし、叩く。それを十数回、繰りかえす。

国包のかぶった烏帽子《えぼし》の下の額やこめかみに、汗が幾筋も伝った。

同じく汗をしたたらせた千野と清順が、黙々と槌を打ち落としている。

真っ赤な刃鉄に叩きつけるかのような若い息吹きが、伝わってくる。

かん、かんかん、かん、かんかん……

国包は槌を止め、火床へ刃鉄を差し入れた。

ふいごをゆっくりと加減を確かめつつあおり、風を吹かした。

炭火が灼熱を噴き上げ、刃鉄を炎にくるんだ。

刃鉄は、秘めた力を解き放ち、赤々と輝きを放ち始める。

国包は火床にふいごの風を、ひと風ごとに語りかけるように吹かしながら、刃鉄が灼熱色の輝きを放つ様をじっと見つめた。

そのときだ。不意に、真っ赤に焼けた刃鉄が臭《にお》った。火床の中の刃鉄が沸きたちながら、くすぐるような臭いがした。

国包は、かすかな驚きを覚えた。

そうか、これが刃鉄の臭いか、臭う。確かに臭う。

刃鉄が真っ赤に沸きたつ臭いなど、感じたことはなかった。

千野が赤ん坊のころ、国包の身体に染みついた刃鉄の臭いを恐がって、国包が抱くたびに千野は泣いた。

沸いた刃鉄の臭いが恐いのですよ、と女房の富未は言った。

刃鉄に臭いがあるのか？　とずっと不思議に思っていた。

しかし、これは国包がいつも嗅《か》いでいた臭いだった。これがあたり前だと思っていたから、嗅いでいたのに嗅いでいることに気づかなかった。

なんと、いい臭いではないか。なんと美しい輝きではないか。

国包は、火床の赤く沸いた刃鉄をうっとりと見つめた。そして、
家宝はおのれの腹の中にある。これがおれの心の糧だ。この輝き臭う刃鉄のよう

な、夢のまた夢のような……
　と、国包は思った。

解説

北上次郎

旧知の編集者が、読んでみてくれないかと言って、本書のゲラを送ってきた。しかし大変失礼ながら、辻堂魁《つじどうかい》の作品は読んだことがない。辻堂魁は平成20年2月、『夜叉萬同心　冬蜉蝣』（ベスト時代文庫）でデビューした作者で、それから8年、数多くの作品を書いている。これまでのそういう作品を読んだことのない者が本書の解説を書くなど無謀きわまりないし、作者に失礼だと思うのだが、これまで読んだことのない読者に広く知らしめたいという考えを旧知の編集者は持っているようで、つまり私はそういう読者の代表らしい。

そういうことならとりあえず読んでみようと本書のゲラを読み始めたが、最初はこの物語がどこへ向かうのか、まったくわからない。「序」で語られるのは、大坂夏の陣で敗走する鍛冶屋《かじ》の次男包蔵《かねぞう》が徳川《とくがわ》方の友成数右衛門《ともなりかずえもん》とひょんなことから知り合うくだり。で、第一章に入るとその大坂城落城から約90年後。刀鍛冶・国包《くにかね》とその若い弟子、千野《ちの》と清順《せいじゅん》が登場する。国包は四十七歳、その娘にして弟子の千野は十七歳。国包の老僕にして剣の師・十蔵《じゅうぞう》の息子である清順は十五歳。この三人が刀を作っている。この国包は「序」に登場した包蔵の孫であること、その祖父から家宝の刀を譲り受けたこと、などが語られるが、まだ物語の方向は見えてこない。

　国包が伯父《おじ》数之助《かずのすけ》に呼ばれたときも、いったい何が始まるんだろうとまだわからない。数之助の屋敷で引き合わされたのは坊野《ぼうの》亨四郎《きょうしろう》で、将軍綱吉《つなよし》のそばにいる柳《やなぎ》沢吉保《さわよしやす》の目付頭だ。この坊野亨四郎の話を簡単に紹介すると、柳沢吉保の知行所である川越《かわごえ》の新田開発を命じられた家臣の斑目新左衛門《まだらめしんざえもん》が問題を起こしたと言うのである。斑目新左衛門には右近《うこん》という息子がいるが（これが甘やかされて育ったので盛り場でよからぬ仲間と遊び放題）、新田開発がなかなかうまくいかないので、領内の村役人との折衝にその右近を派遣したのが間違い。村人と口論になり激昂《げっこう》した右近が三人を斬《き》り伏せてしまったのだ。三人は即死したが、右近は謹慎の沙汰《さた》だけでそれ以上のお咎《とが》めはなし。これに怒った村人らは江戸に仇討《かたきう》ちにいくと言いだすから大変である。時あたかも赤穂《あこう》侍が吉良《きら》邸を夜襲して大騒ぎになったばかり。そういう時代背景がある。で、どうなるか。柳沢吉保が右近に切腹を命じればそれで問題は解決するが、そうは出来ない事情がある。だから家中のものに知られることなく神罰を下す必要がある。ようするに人知れず右近を切れ、と伯父は言うのである。ここでようやく物語の方向がぴたっと見えてくる。

これが第一章。全部で三章の物語だが、この先のストーリーは紹介しないほうがいいだろう。斑目新左衛門側の事情も語られること、息子を狙っているのが国包であることを知り用心棒を雇うこと、さらに事の背景にはさまざまな人間の思惑が絡んでいること——そういうことが描かれると書くにとどめておく。いや、国包が斑目新左衛門と村人の両者に会いにいく挿話は特筆すべきだろう。つまり国包という男、一族の重鎮に依頼されたから考えることなく暗殺を引き受けた、ということではないのだ。事の真相を知りたいと考える男なのである。そうすると、無思慮な右近が村人を惨殺した事件の背後に、もっと複雑な構図があることも見えてくる。つまり、人間の欲望が連なって、押し出されて、そして末端の右近で露呈してくるという真実にたどりつく。ようするに犯人はたしかに右近だが、彼一人の、個人的な問題ではないのだ。柳沢吉保もまた無実ではないのだ。そういう真実までをも描いていることが本書に重層的な広がりを与えていることは見逃せない。

斑目新左衛門が槍《やり》の達人であり、その腕前は国包と紙一重であることも紹介していい。この老人の苦渋までをも描いていて、それが本書に奥行きをもたらしている。

こういうことがすべて後半の剣の対決の背景にある。迫力あふれる剣劇シーンの緊迫感は、こういうディテールに支えられているといっても過言ではない。

本書を読み終えてから書店に走ったことも書いておく。本当はデビュー作の『夜叉萬同心　冬蜉蝣』を読みたかったのだが、探すことが出来ず、時間もないので、『風の市兵衛』を買ってきた。これも評判のシリーズらしいので、その第一作ならこの作者の才能に触れることが出来るだろうと思ったのだ。いやあ、こちらも面白かった。平成22年3月に刊行された小説を（つまり今から6年も前だ）今になってこんなふうに感心していてはバカみたいだし、作者に失礼だが、読み始めたらやめられず一気読みである。まず算盤《そろばん》侍との主人公の設定がいいし、こちらも最初はどこに向かうのかわからず、途中から「おお、こっちに行くのか」とはっきりしてからまっすぐ進んでいく構成がいい。途中で明らかになる市兵衛《いちべえ》の出自の切なさ、未亡人安曇の官能、少年頼之の健気《けなげ》な目など、ストーリーもなかなかにいいが、こういうキャラクターがなによりもいい。

私が買ってきたのは平成25年5月刊の第14刷で（売れているんですね）、その巻末に市兵衛シリーズ8作（10冊）の広告が載っているが、それから3年近く経っているからもっと冊数は増えているのだろう。このシリーズ、大変気にいったので、今からでも遅くはない。全作を読むと決意した。

他社の本の宣伝をこれ以上するわけにもいかないので、話を本書『刃鉄の人』に戻せば、文庫書き下ろし時代小説は洪水のように新刊が出ているので、何を読んでいいものやら皆目見当がつかない時代である。小説は自分に合うものを見つけるのがなかなか難しい。九十九人が面白いと言っても、自分にはダメなものがあるし、またその逆もあったりする。そういう時代であるから読者もまた大変だが、もしもいま、書店でこの文庫本を手に取って迷っているなら、「ちょっと面白いよ」と、あなたの耳元で囁《ささや》きたい。ただいま、そんな気分である。

本書は書き下ろしです。

刃《は》鉄《がね》の人《ひと》

辻《つじ》堂《どう》 魁《かい》

平成28年 3月25日 初版発行

発行者●郡司 聡

発行●株式会社KADOKAWA
〒102-8177 東京都千代田区富士見2-13-3
電話 0570-002-301（カスタマーサポート・ナビダイヤル）
受付時間 9:00〜17:00（土日 祝日 年末年始を除く）
http://www.kadokawa.co.jp/

角川文庫 19664

印刷所●株式会社暁印刷 製本所●本間製本株式会社

表紙画●和田三造

ISBN978-4-04-104024-9 C0193

角川文庫発刊に際して

角川源義

第二次世界大戦の敗北は、軍事力の敗北であった以上に、私たちの若い文化力の敗退であった。私たちの文化が戦争に対して如何に無力であり、単なるあだ花に過ぎなかったかを、私たちは身を以て体験し痛感した。西洋近代文化の摂取にとって、明治以後八十年の歳月は決して短かすぎたとは言えない。にもかかわらず、近代文化の伝統を確立し、自由な批判と柔軟な良識に富む文化層として自らを形成することに私たちは失敗して来た。そしてこれは、各層への文化の普及滲透を任務とする出版人の責任でもあった。

一九四五年以来、私たちは再び振出しに戻り、第一歩から踏み出すことを余儀なくされた。これは大きな不幸ではあるが、反面、これまでの混沌・未熟・歪曲の中にあった我が国の文化に秩序と確たる基礎を齎らすためには絶好の機会でもある。角川書店は、このような祖国の文化的危機にあたり、微力をも顧みず再建の礎石たるべき抱負と決意とをもって出発したが、ここに創立以来の念願を果すべく角川文庫を発刊する。これまで刊行されたあらゆる全集叢書文庫類の長所と短所とを検討し、古今東西の不朽の典籍を、良心的編集のもとに、廉価に、そして書架にふさわしい美本として、多くのひとびとに提供しようとする。しかし私たちは徒らに百科全書的な知識のジレッタントを作ることを目的とせず、あくまで祖国の文化に秩序と再建への道を示し、この文庫を角川書店の栄ある事業として、今後永久に継続発展せしめ、学芸と教養との殿堂として大成せんことを期したい。多くの読書子の愛情ある忠言と支持とによって、この希望と抱負とを完遂せしめられんことを願う。

一九四九年五月三日

角川文庫ベストセラー

乾山晩愁　葉室　麟

天才絵師の名をほしいままにした兄・尾形光琳が没して以来、尾形乾山は陶工としての限界に悩む。在りし日の兄を思い、晩年の「花籠図」に苦悩を昇華させるまでを描く歴史文学賞受賞の表題作など、珠玉5篇。

実朝の首　葉室　麟

将軍・源実朝が鶴岡八幡宮で殺され、討った公暁も三浦義村に斬られた。実朝の首級を託された公暁の従者が一人逃れるが、消えた「首」奪還をめぐり、朝廷も巻き込んだ駆け引きが始まる。尼将軍・政子の深謀とは。

秋月記　葉室　麟

筑前の小藩、秋月藩で、専横を極める家老への不満が高まっていた。間小四郎は仲間の藩士たちと共に糾弾に立ち上がり、その排除に成功する。が、その背後には本藩・福岡藩の策謀が。武士の矜持を描く時代長編。

散り椿　葉室　麟

かつて一刀流道場四天王の一人と謳われた瓜生新兵衛が帰藩。おりしも扇野藩では藩主代替りを巡り側用人と家老の対立が先鋭化。新兵衛の帰郷は藩内の秘密を白日のもとに曝そうとしていた。感涙長編時代小説！

武田家滅亡　伊東　潤

戦国時代最強を誇った武田の軍団は、なぜ信長の侵攻からわずかひと月で跡形もなく潰えてしまったのか？　戦国史上最大ともいえるその謎を、本格歴史小説界の俊英が解き明かす壮大な歴史長編。

角川文庫ベストセラー

山河果てるとも
天正伊賀悲雲録

伊東　潤

「五百年不乱行の国」と謳われた伊賀国に暗雲が垂れ込めていた。急成長する織田信長が触手を伸ばし始めたのだ。国衆の子、左衛門、忠兵衛、小源太、勘六の4人も、非情の運命に飲み込まれていく。歴史長編。

北天蒼星
上杉三郎景虎血戦録

伊東　潤

関東の覇者、小田原・北条氏に生まれ、上杉謙信の養子となってその後継と目された三郎景虎。越相同盟による関東の平和を願うも、苛酷な運命が待ち受ける。己の理想に生きた悲劇の武将を描く歴史長編。

酔眼の剣
酔いどれて候

稲葉　稔

曾路里新兵衛は三度の飯より酒が好き。普段はだらしないこの男、実は酔うと冴え渡る「酔眼の剣」の遣い手だった！　金が底をついた新兵衛は、金策のため岡っ引き・伝七の辻斬り探索を手伝うが……。

風塵の剣 (一)

稲葉　稔

天明の大飢饉で傾く藩財政立て直しを図る父が、藩主の怒りを買い暗殺された。幼き彦蔵も追われながら、藩への復讐を誓う。そして人々の助けを借り、苦難や挫折を乗り越えながら江戸へ赴く――。書き下ろし！

妻は、くノ一　全十巻

風野真知雄

平戸藩の御船手方書物天文係の雙星彦馬は藩きっての変わり者。その彼のもとに清楚な美人、織江が嫁に来た!?　だが織江はすぐに失踪。彦馬は妻を探しに江戸へ向かう。実は織江は、凄腕のくノ一だったのだ！